GW01270588

MEMORIA de la HISTORIA

Personajes

Memoria de la Historia pretende ofrecer a los lectores la Historia contada por quienes la hicieron, por los mismos personajes que en vez de figurar en las páginas de los libros como objeto pasivo, adquieren voz y nos cuentan su vida y su peripecia en primera persona. La Historia como una novela personal, autobiográfica, en la que todo lo que aparece en estas páginas es verdad, con hechos ciertos y comprobados, pero que se presentan con la inmediatez y el dramatismo que da al relato la voz del protagonista, supuesto historiador de sí mismo gracias a la pluma de unos escritores que consiguen el difícil y apasionante equilibrio entre los materiales de la crónica, tratados con el máximo respeto, y el enfoque que corresponde a la más amena de las narraciones novelescas. Otra vertiente de estas semblanzas es la evocación de episodios del pasado con todo el rigor que exige el trabajo del historiador y la amenidad de la novela.

Éste es el objetivo de una colección que aspira a fundir lo más atractivo que pueden ofrecer la historia y la literatura.

La [illegible] de la Historia vivida [illegible]
ofrece a todos los lectores la Historia contada por
quienes la hicieron, por los mismos personajes que,
en vez de figurar en las páginas de los libros como
objeto pasivo, intervienen directamente en su vida
y se expresan en primera persona. La historia
adquiere un relieve personal, autobiográfico, y es la
que todo lo que aparece en estas páginas [illegible]
verdad, son hechos ciertos y comprobados, pero
que se presentan con la inmediatez y el
dramatismo que da al relato la voz del
protagonista, [illegible] además [illegible]
gracias a la pluma de unos escritores que
consiguen el difícil y armonioso equilibrio entre
los materiales de la crónica, tratados con el
máximo respeto, y el enfoque que corresponde a la
más amena de las narraciones novelescas. Otra
ventaja de esta colección es la evocación de
episodios del pasado con todo el rigor que exige el
trabajo del historiador y la amenidad de la novela.
[illegible] es el objetivo de una colección que
aspira a fundir [illegible] que pueden
ofrecer la Historia y la literatura.

Las mujeres del Rey Católico

Fernando Vizcaíno Casas

Las mujeres del Rey Católico

Planeta

COLECCIÓN MEMORIA DE LA HISTORIA
Dirección: Rafael Borràs Betriu
Consejo de Redacción: María Teresa Arbó, Antonio Padilla,
Marcel Plans y Carlos Pujol

Editorial Planeta, S. A., Córcega, 273-277, 08008
Barcelona (España)
Ilustración al cuidado de Antonio Padilla
Diseño colección y cubierta de Hans Romberg
(realización de Jordi Royo)
Ilustraciones cubierta: retrato de Fernando el
Católico, de pintor anónimo (Museo Naval de
Madrid; foto AISA), y «Desembarco en Valencia de
Fernando el Católico y Germana de Foix» (Museo
de Bellas Artes de Valencia; foto Gil Carles)

Procedencia de las ilustraciones: Archivo Editorial
Planeta

Primera edición: octubre de 1988
Depósito legal: B. 36.861-1988
ISBN 84-320-4500-4
Printed in Spain - Impreso en España
Talleres Gráficos «Duplex, S. A.», Ciudad de
Asunción, 26-D, 08030 Barcelona

Índice

13 Exordio/Donde se explican las razones que llevaron al autor a escribir este libro y se insiste en su escepticismo acerca de la verdad histórica y se anticipan ciertos rasgos de la personalidad de don Fernando, singularmente en lo tocante a sus amores ilícitos

25 Capítulo primero/De cómo la muerte de la reina sumió en honda tristeza al Rey Católico y éste hubo de recordar, por vía de contrición, sus pecaminosos amores con doña Aldonza Roig y el hijo bastardo que tuvo con ella, don Alfonso, engendrado al tiempo que capitulaba su matrimonio con doña Isabel y que fue, más tarde, arzobispo de Zaragoza

43 Capítulo segundo/Continúa el rey rememoriando su pasado lujurioso y cuenta los favores que octuvo de doña Joana Nicolau y la hija habida con esta dama de Tárrega, ahora casada con el duque de Frías y los posteriores y fugaces enamoramientos con las señoras de Larrea y de Pereira, de los que fueron fruto otras dos hijas, ambas María de nombre, que profesaron en religión y juntas están en un convento de agustinas

57 Capítulo tercero/Aquí se cuenta la renuncia de don Fernando al trono de Castilla y la proclamación como reyes de su hija Juana «la Loca» y su esposo Felipe «el Hermoso» y lo mucho que amargaron a su padre y cómo los nobles le traicionaron y de qué manera, viendo en peligro la Corona, sorprendió a todos tomando nueva mujer

71 Capítulo cuarto/De la presencia y porte de doña Germana, la nueva mujer de don Fernando, y de las felonías de su yerno y de las entrevistas que mantuvieron y de cómo fue echado de Castilla el Rey Católico, que marchó a Nápoles al tiempo de morir de improviso don Felipe «el Hermoso» y poco después de haberlo hecho el Gran Almirante de las Indias, don Cristóbal Colón

87 Capítulo quinto/Cuando la reina Juana, perdida del todo la razón, hizo desenterrar el cadáver de su esposo y con él emprendió macabra caminata por los campos de Castilla y cómo, en el mientras tanto, don Fernando concluía provechosos negocios de Estado en Nápoles y de las cuentas famosas del Gran Capitán y el regreso triunfal del Rey Católico

107 Capítulo sexto/Vuelve a guerrear el rey y deja, por fin, encinta a doña Germana, aunque la criatura muere recién nacida, y por entonces las dos Marías, hijas naturales de don Fernando, conocen su regio origen en el convento donde han profesado y se retira amargado el Gran Capitán, mientras el conde Pedro Navarro, tenido por su sucesor en los ejércitos, conquista Orán y llega hasta Trípoli

125 Capítulo séptimo/Don Fernando cumple sesenta años, lo que le desasosiega, aunque su talento político continúa joven y así aumenta sus dominios en Italia y da pruebas notables de astucia y aun de doblez y en trance de enfermedad, por mor de los afrodisíacos, recapitula su mucha labor en pro de las ciencias, las letras y las artes, sin nunca olvidar las cuestiones del Nuevo Mundo

145 Capítulo octavo/De cómo el rey don Fernando incorporó Navarra a sus demás reinos, bien que manteniendo su identidad y todos sus privilegios y de la habilidad con que siempre supo llevar las negociaciones con Juan de Albret y de la eficacia de sus servicios de información, que le permitieron conocer el tratado secreto que aquél firmó con Luis XII de Francia

157 Capítulo noveno/Donde se narran los últimos meses de la vida del Rey Católico, su obsesión por la caza y los viajes, la muerte del Gran Capitán y cómo un potaje frío de turmas de toro, suministrado por doña Germana, aceleró la de don Fernando, que apenas tuvo tiempo de dictar un largo testamento y fue enterrado sin pompa y quizás llorado por sus mujeres
175 Epílogo/Sépase lo que fue de la última mujer de don Fernando, la serenísima doña Germana de Foix, que casó por dos veces más —no obstante su extrema obesidad—, la primera, infaustamente, la segunda, con notorio acierto, de modo que murió feliz en 1536, y aun dejó memoria grata, como mecenas de las artes y virreina de Valencia
183 Cronología del Rey Católico, sus mujeres y sus hijos naturales, meramente aproximativa
187 Fuentes bibliográficas
193 Otras obras de Fernando Vizcaíno Casas publicadas por Editorial Planeta
195 Índice onomástico

A mi nieta Beatriz,
que nació el mismo día
—miércoles, 31 de agosto de 1988—
en que terminé de escribir este libro

EXORDIO

DONDE SE EXPLICAN LAS RAZONES QUE LLEVARON AL AUTOR A ESCRIBIR ESTE LIBRO Y SE INSISTE EN SU ESCEPTICISMO ACERCA DE LA VERDAD HISTÓRICA Y SE ANTICIPAN CIERTOS RASGOS DE LA PERSONALIDAD DE DON FERNANDO, SINGULARMENTE EN LO TOCANTE A SUS AMORES ILÍCITOS

Este libro es una consecuencia casi inevitable de mi anterior título, *Isabel, camisa vieja*, biografía novelada, y en cierta medida apasionada, de la reina Isabel I de Castilla, tan justamente conocida como *la Católica*. Cuento en el «Proemio» de aquella obra (1) que comencé a escribirla partiendo de un conocimiento nada profundo del personaje, pero que a medida que fui adentrándome en la historia, consultando fuentes y descubriendo detalles de su vida, su inteligencia, su grandeza espiritual y su temple me subyugaron de modo absoluto, convirtiéndome en entusiasta admirador de sus virtudes, como reina y como mujer. Algunas torpes leyendas que han pretendido desfigurar tales méritos (por desgracia, puestas de nuevo en circulación últimamente) sirvieron de especial estímulo para que me entregase, con auténtico fervor, al estudio riguroso de su biografía, agotando en lo posible la búsqueda de toda la documentación, veraz y fiable, que pude hallar.

(1) *Isabel, camisa vieja*, Colección Memoria de la Historia, Editorial Planeta, 1987.

No he ocultado en ningún momento las dudas que en un principio me dominaron en cuanto a la aceptación que *Isabel, camisa vieja* pudiera tener entre los lectores; muy especialmente entre *mis* lectores, esa comunidad entrañable de seguidores fieles y adictos, a quienes de pronto ofrecía una obra absolutamente distinta a todas las anteriores. Y ello, tanto en el fondo —el tema— como en la forma —el estilo—. El profesor Lázaro Carreter, que me hizo el honor de presentar el libro en Madrid, también anticipó semejante riesgo; pues, inesperadamente, me apartaba de mis habituales sátiras de actualidad, nada menos que para atreverme con una recreación histórica, pretendidamente estricta e incluso escrupulosa. Por fortuna, tales temores resultaron infundados; el libro alcanzó un enorme éxito, todavía sostenido, y lo que para mí ha sido más grato y aleccionador: su tema interesó profundamente a esos lectores habituales de mi firma, que, en muchísimos casos, incluso han tenido la gentileza de manifestarme su beneplácito y aun su entusiasmo.

Ello hizo que me plantease la necesidad —la exigencia, casi— de completar mi personal crónica de Isabel I de Castilla con otro libro dedicado a quien fuera su muy amado esposo, Fernando II de Aragón. Inevitablemente, la personalidad de éste, tan llena asimismo de valores, había quedado oscurecida en el anterior por la de la reina, protagonista absoluta de aquél. Pues era forzoso que, en el relato, la figura del monarca apareciera con frecuencia en un segundo plano; lo cual podía desmerecer, injustamente, su indiscutible categoría y el papel primordial —y no menos decisivo que el de su esposa— que desempeñó en los trascendentales logros de un reinado durante el cual España soldó su unidad como nación (2), convirtiéndose en una Monarquía moderna

(2) Parece muy oportuno poner especial énfasis en el logro de la unidad de España, cuya razón histórica discuten ahora algunos insensatos valedores de su descuartizamiento. Y no deja de resultar tristemente aleccionador que sean comentaristas extranjeros quienes

y ejemplar; inauguró una época de prosperidad material y elevada espiritualidad y se asomó al mundo gloriosamente, haciendo posible la gesta del Descubrimiento, asombrando a Europa con las campañas italianas del Gran Capitán y desarrollando una actividad diplomática tan admirable, que acabó convirtiéndola en la primera potencia de Occidente. De ella fue máximo responsable el rey don Fernando, desde entonces tenido como ejemplo de negociadores.

Así que me entregué de nuevo a la investigación histórica y al estudio de fuentes y a la consulta bibliográfica. Como también en esta ocasión pretendía *novelar* la biografía del Rey Católico, me importaba sobremanera un aspecto de su vida sólo atisbado durante mis estudios sobre su esposa: el de sus amores ilícitos, nunca escandalosos, aunque tan evidentes (y sin duda, tan intensos), que de sus cuatro amantes tuvo otros tantos hijos, uno con cada una de ellas. Lo que no debe ser juzgado con rigor excesivo, no sólo porque nuestros actuales tiempos hayan casi normalizado semejante clase de *deslices*, sino mayormente porque, situándonos en los de don Fernando, los pecados de la carne gozaron de indudable tolerancia. *Hermosos pecados*, les llamaba nada menos que el cardenal Mendoza. ¿Habrá que recordar que en ellos incurrieron, en ocasiones con tenaz reiteración, hasta los más altos dignatarios de la Iglesia Católica, incluidos algunos pontífices? ¿O que el arzobispo de Santiago, Alonso de Fonseca, llegó a solicitar, en 1502, la autorización del Papa (que no se la concedió) para renunciar a su silla episcopal en favor de un hijo natural?

No nos escandalicemos, pues, y tengamos pre-

---

mejor la valoren. Así, Pierre Chanu escribía, hace pocos meses, en *Le Figaro*, al final de un artículo sobre los Reyes Católicos y su política unitaria: *Una unión que la España actual se ingenia en destruir, como si se pudiera construir Europa sobre la ruina de nuestras naciones*. Suscribo enteramente el comentario que la frase sugirió a Lorenzo López Sancho: *mensaje elocuentísimo*.

sente la deliciosa anécdota que narra Carlos Fisas, a propósito de Luis XV de Francia, que llegaba cada día muy temprano a las habitaciones de su amante, madame de Pompadour, y permanecía con ella hasta la hora de la misa, para regresar inmediatamente a su lado después del Santo Sacrificio. Del mismo rey cuenta el celebrado historiador que, en ocasión de estar cenando con una de sus favoritas, rechazó un plato de carne, ya que era día de vigilia. Con la natural extrañeza, la dama le preguntó:

—Señor, ¿qué importa si vamos a pasar la noche juntos?

—No añadamos un pecado más al que vamos a cometer —respondió el rey.

Tal era el concepto moral de la época en lo tocante al sexo; así que los adulterios de don Fernando nunca afectaron a su prestigio ni a su reputación, pues muy al contrario de lo que hicieran otros monarcas (Enrique IV, su medio cuñado, puede servir de ejemplo), llevó sus amoríos con suma discreción, procurando evitar escándalos que dañaran a su esposa, a quien amaba sinceramente. El cronista Hernando del Pulgar dice al respecto: *Amaba mucho a la reina, su mujer, pero dábase a otras mujeres*. No hay en esto la menor ironía; hasta el punto que doña Isabel perdonó siempre las infidelidades y, en una prueba más de su entereza, incluso se encargó personalmente de la educación del primer hijo bastardo de su marido. Por supuesto que algunas damas de la Corte se lo criticaron; ella les dio cumplida explicación de su actitud:

—Es hijo de mi augusto esposo, y por consiguiente, debe ser educado conforme a tan noble origen.

El cronista Abarca destaca la prudencia con que el rey llevó sus amoríos: *Y podemos decir en alabanza del juicio y corazón de don Fernando* —escribe— *que estos pecados, más de hombre que de rey, que tanto suelen turbar la serenidad de los reyes y la paz pública de los palacios y los reinos, estuvieron tan lejos de causar embarazos y ruidos en el gobierno que ni aquellas mujeres fueran hoy conocidas, sino por sus hijos; ni éstos ni aquéllas pudieron alterar a la república. Y en fin, que en todas aquellas culpas, don Fernando pareció dos personas distintas: una, el hombre joven, que pecaba; y otra, el rey anciano, que proveía.*

En efecto; tanto cuidó el Rey Católico que sus *romances* (como se diría hoy en una *revista del corazón*) no trascendieran, que apenas dan cuenta de ellos los cronistas de la época. Por insólito que parezca, incluso hay historiadores que ni los mencionan en sus biografías de don Fernando. Y en los documentos de los archivos, las referencias son mínimas. Hasta el punto que bien poco —por no decir nada— ha llegado hasta nosotros acerca de las cuatro amantes del rey. Lo cual me lleva a desarrollar de nuevo mi teoría sobre la escasa fiabilidad de los relatos históricos, que ya planteé en *Isabel, camisa vieja*.

* * *

Pues a diario estamos constatando la manipulación que sufre nuestra más reciente historia y cómo se tergiversan y se confunden sucedidos que todavía recordamos lúcidamente muchos millones de españoles que los vivimos. Y si esto ocurre referido a tiempos cercanos, ¿cómo otorgar plena validez a las informaciones y las crónicas con muchos siglos a cuestas? ¿Son del todo fiables las fuentes de aquellas épocas? O, como sucede ahora mismo, ¿no estarían mediatizadas, e incluso dirigidas, por los propios personajes poderosos cuyas andanzas nos contaron? Nos las contaron, esto supuesto, pasándolas previamente por el tamiz de su censura.

He consultado una bibliografía muy abundante sobre Fernando el Católico. Biografías extensas, pormenorizadas, aparentemente exhaustivas. Ensayos y artículos publicados en revistas; varias monografías. Incluso accedí a los fondos históricos de la Biblioteca Nacional. Pues bien: apenas pude encontrar referencias concretas a las cuatro mujeres que, con mayor notoriedad, mantuvieron relaciones amorosas con el Rey Católico. Ya que cabe imaginar que algunas otras pasarían por su vida; pero es que aquéllas dejaron pruebas definitivas de su intimidad con el monarca: nada menos que cuatro hijos, uno por *romance*. Tres hembras y un varón, reconocidos como espúreos y de los que, sin embargo, casi nada nos dicen los cronistas de la época. Menos todavía de sus madres: doña Aldonza Roig, doña Joana Nicolau, doña Toda de Larrea y una portuguesa apellidada Pereira, cuyo nombre de pila ni siquiera ha llegado hasta nosotros.

En mi obsesión por agotar todas las posibilidades de conocimiento sobre estas mujeres que amaron al Rey Católico, me permití molestar personalmente a notorios historiadores, que acogieron con benevolente afecto mi consulta. Carlos Fisas, Juan Balansó, Armand de Fluviá, Mario Hernández Sánchez-Barba, Antonio Prieto y Luis Suárez González me brindaron gentilmente sus profundos conocimientos del personaje —lo que les agradezco de corazón—; pero todos coincidieron en la práctica inexistencia de precedentes documentales acerca de la vida sentimental de don Fernando. Con lo cual reafirmé mis criterios sobre la muy antigua existencia de los *cuidadores de imagen*, tan eficaces para los políticos hoy como en el siglo XV, aunque entonces todavía no se les llamara así, ni estuviesen profesionalizados. Asimismo tuve nuevos argumentos que añadir a mi escepticismo en cuanto a la posibilidad de conocer plenamente las verdades históricas (3).

Semejante vacío, sin embargo, hacía más atractiva la empresa. Con base, pues, en unos datos mínimos, pero con referencias sobradas del personaje

(3) Como botón de muestra, en *España íntima* (Ed. *Hesperia*, Madrid, 1940) se define a don Fernando el Católico como *varón ejemplar*.

y su contorno, emprendí la tarea de novelar la última etapa de la vida de Fernando, con especial referencia a sus mujeres. Entre las cuales —ocioso parece advertirlo— no figura aquí la más importante, la reina Isabel, pues sobradamente conocida quedó en mi anterior libro su firme relación conyugal con don Fernando, tan auténtica y entrañable, que pudo mantenerse y aun acrecentarse con los años, a pesar de las ligerezas del soberano. Con lenguaje actual, bien pudiéramos decir que para ella las otras mujeres no fueron más que *flirts* de su marido, sin ninguna importancia. Que, por supuesto, le dolieron y aun le amargaron muchas horas —no sólo por el amor que sentía hacia él, sino también por sus arraigadas convicciones morales y religiosas—; pero a los que acabó siempre sobreponiéndose.

Hubiera sido injusto, en cambio, omitir amplia referencia a otra mujer que —por razones bien distintas a todas las citadas— ocupó lugar destacado en el corazón de don Fernando y, ciertamente, le produjo más cavilaciones que ninguna de ellas: su hija Juana. Casada con el archiduque de Austria, Felipe, conocido en la historia por *el Hermoso*, su desbocado amor hacia él, convertido en enfermiza obsesión sexual, y las reiteradas infidelidades que la frivolidad de su marido le hicieron padecer, acabaron trastornando su razón. Proclamada reina de Castilla y León a la muerte de su madre, anulada no obstante su capacidad de decisión por la irrefrenable ambición de poder de su esposo, la súbita muerte de éste le causó tal trauma, que anduvo años acompañando su cadáver por las tierras de Castilla, en una marcha alucinante y macabra.

No hará falta decir que la historia de las otras mujeres, de las amantes del rey, al partir de tan escasas referencias históricas, ha tenido que ser elaborada en buena parte por mi imaginación de novelista; si bien, partiendo de esos mínimos datos y con la preocupación de respetar los ambientes y las presumibles circunstancias de los hechos. En cambio, todo lo referente a doña Germana de Foix, segunda esposa de Fernando, se ciñe al relato de los historiadores. Ya que doña Germana fue precisamente la última de sus mujeres. Quizás la menos deseada, pues sólo razones de Estado decidieron el enlace; treinta y cuatro años de diferencia le llevaba y los esfuerzos de quien había sido varón muy recio en el amor para perpetuar su fortaleza sexual aceleraron su muerte. Pero esto ya se tratará en el oportuno momento.

* * *

Si las opiniones de cronistas e historiadores acerca de Isabel la Católica son favorables e incluso entusiastas, con casi absoluta unanimidad, y en todas ellas se destacan sus virtudes personales y políticas, no ocurre lo mismo con su esposo, don Fernando. Las referencias de autores coetáneos suyos suelen situarle siempre por debajo de la soberana, a la que adjudican superiores méritos en la gobernación de los reinos. Hasta finales del siglo XVII no aparece una historiografía que reivindica la categoría del monarca, demostrando su personal intervención en todos los problemas de Estado, su clarividencia política, e incluso su muy directa participación en lo referente al descubrimiento y colonización de América, que anteriormente se atribuía en exclusiva —o poco menos— a la reina de Castilla. Un polaco germanizado, Nicolás de Popolievo, había llegado a escribir, en 1484, que *la Reina es Rey y el Rey, un servidor*. Falacia indudable que posteriores estudios refutarían enteramente. Aunque más que citando autores, la auténtica dimensión de don Fernando como estadista nos la demuestra la frase de Felipe II, quien dirigiéndose a su hijo delante de un retrato del Rey Católico, dijo simplemente: *A éste se lo debemos todo...*

* * *

Según Lucio Marineo Sículo, don Fernando *era de mediana estatura, tenía todos los miembros bien proporcionados, blancos de color, los cabellos llanos y de color castaño claro, la frente serena, pero calva hasta media cabeza. La voz, aguda; la lengua, desenvuelta; gracioso en el hablar; de ingenio muy claro y buen juicio; en consejo, muy prudente; en el andar y en todos los movimientos del cuerpo tenía meneo (sic) de gran señor y verdadero rey. Era muy templado en el comer y en el beber, pues ni comía muchas viandas ni bebía comiendo más de dos veces. Jamás comía (aunque fuese de camino) sin haber oído antes misa y siempre un sacerdote bendecía su mesa, dando gracias a Dios después de los refrigerios. Holgaba mucho con los caballos encubertados, pues desde la niñez fue buen caballero de la brida, ejercitándose en justas y juegos de caña, en los que aventajaba a muchos otros caballeros fuertes.*

Sabida es la fama del Rey Católico como sutil diplomático. Claro que la sutileza puede interpretarse de muy distintas formas. Para unos —como Gracián— sus éxitos políticos nunca se opusieron a los principios de la moral. Distinto era el criterio de Maquiavelo, que tomó de don Fernando el ejemplo para diseñar en *El Príncipe* el modelo de político astuto, taimado, cínico y absolutamente pragmático, ajeno siempre a las exigencias éticas en sus maniobras y en sus decisiones. Varillas, en libro publicado en Amsterdam en 1688 (el lugar de impresión y la nacionalidad no le hacen demasiado fiable), escribió que *había sustituido la prudencia por el engaño*. Aunque también reconocía que *aventajó a todos los príncipes de su siglo en la ciencia diplomática y a él se le debe atribuir el primero y soberano uso de la política moderna*. Francesco Guicciardini, que fue embajador de la Señoría de Florencia en la Corte de los Reyes Católicos, juzgaba al monarca *príncipe prudente y glorioso, que cuando meditaba una empresa nueva, lejos de anunciarlo primero para justificarlo en seguida, se arreglaba hábilmente, de modo que se dijera por las gentes: «El Rey debía hacer tal cosa por estas y aquellas razones», y entonces publicaba su resolución, diciendo que quería hacer lo que todo el mundo consideraba necesario*. Curioso aragonés, por tanto, este don Fernando, con maneras de gallego sabio.

Tampoco coinciden las opiniones acerca de la presunta tacañería del Rey Católico, indiscutible prueba de avaricia para algunos; simple muestra de prudencia administrativa, para otros. Las anécdotas que todos cuentan son las mismas; claro que varían las interpretaciones. Recojamos tres de las más conocidas y que el lector juzgue.

Quiso el Consejo de Castilla reformar las costumbres dilapidadoras de ciertas clases sociales —nobleza y clero, especialmente— y envió un despacho al rey, indicándole que el ejemplo debía salir de palacio. A lo que aquél contestó: *Agradezcoos este celo; pero digoos de verdad que, en lo tocante a la mesa, no comemos gallina sino los jueves y los domingos*. Hablando en otra ocasión con un caballero muy cercano a la Corte sobre la elegancia en el vestir, díjole don Fernando: *Pues aquí donde le veis, este jubón lleva ya cambiadas tres veces las mangas*. Por último, habiéndole pedido permiso para que entrasen en el reino y se vendiesen normalmente la canela y la pimienta, que empezaba a llegar del Nuevo Mundo, lo negó argumentando: *Excúsese ese gasto, que buena especia es el ajo*. Anécdota recogida y contada, por cierto, por Bernardino Fernández de Velasco, primer duque de Frías, que casaría con la hija natural del rey, Juana de Aragón, tenida de su amancebamiento con Joana Nicolau.

Está claro, en todo caso, que fue reservado, sumamente prudente, nada amigo de improvisaciones y muy maniobrero en la política. Poco dado a los alardes verbales y menos aún a las baladronadas —tan frecuentes en la época—, en alguna rara ocasión, sin embargo, construyó frases *para la posteridad*. Cuando Muley-Hacen, rey de Granada, se negó a pagar tributos, dijo aquello de *uno a uno he de sacar los granos de esa Granada*. O al menos, así lo cuentan los cronistas.

Cierto parece ser su comentario al Gran Capitán, que llegaba en olor de multitudes a Burgos, después de conquistar Nápoles. Notorias eran sus diferencias con él y aquella desdeñosa crítica suya al conocer sus triunfos en tierras de Italia: *¿Qué me importa que gane un reino si lo reparte antes de que llegue a mis manos?* Pues bien; sucedió que en la recepción oficial a los vencedores, Gonzalo de Córdoba hizo que todos sus capitanes desfilasen antes que él para besar la mano del rey. Lo hizo en último lugar y escuchó esta frase de don Fernando: *Por lo que ahora veo, me parece que has pagado muy bien lo que a estos soldados debías; pues que habiéndote seguido tantas veces en las batallas, les permites que te vayan ahora delante*. Rasgo de humor en un personaje que no solía destacar por su sentido irónico.

Pero en todo caso, personaje trascendental en la historia de España, difícil de entender por su carácter, pródigo en contradicciones. La más sorprendente, esa alternancia constante de su religiosidad con un talante que algún historiador no ha dudado en calificar de lujurioso. ¿Y no sería, en el fondo, un sentimental? Intentaremos adivinarlo no sólo a través de su peripecia amorosa, sino también de la crónica, llena de intrigas, de aventuras, de pruebas de sagacidad política, de éxitos y de amarguras, de los últimos doce años de su reinado.

CAPÍTULO PRIMERO

De cómo la muerte de la reina sumió en honda tristeza al Rey Católico y éste hubo de recordar, por vía de contrición, sus pecaminosos amores con doña Aldonza Roig y el hijo bastardo que tuvo con ella, don Alfonso, engendrado al tiempo que capitulaba su matrimonio con doña Isabel y que fue, más tarde, arzobispo de Zaragoza

El salón del castillo de la Mota se halla casi en penumbra. Un hachón ilumina la mesa donde Gaspar de Grizio, el que fuera secretario de Isabel la Católica, tiene colocados los pergaminos que contienen, transcrito por él mismo, el testamento de la reina. Don Fernando, hundido en la butaca, escucha la lectura de las últimas voluntades de su esposa con el rostro transido de emoción; en varias ocasiones no ha podido reprimir alguna lágrima. Pero el último párrafo que el fiel Gaspar acaba de leer, con voz levemente entrecortada, le produce tal impresión, que dice, notoriamente alterado:

—No sigáis...

Calla el señor de Grizio; el rey se levanta y da unos pasos, mientras se lleva la mano a la frente, cuyas arrugas parecen hoy más profundas. Viste don Fernando jubón de terciopelo negro, sin randas ni bordados y luce, por todo adorno, una cruz de oro pendiente del cuello.

—Hacedme la merced de repetir esa postrera cláusula —pide—. Despacio...

—*«Suplico al rey mi señor que se quiera servir de todas las joyas e cosas o de las que a su señoría más agradaren, porque viéndolas pueda haber más continua memoria del singular amor que a su senoría siempre tuve...»*

—Otra vez...

El secretario es incapaz de evitar una brevísima mirada de sorpresa hacia don Fernando; en seguida, repite:

—*«Suplico al rey mi señor....»*

No puede terminar el párrafo; el rey se ha roto en un llanto inconsolable. Su famosa serenidad, aquel dominio de sí mismo que tanto alaba la Corte, aquella su capacidad de simulación, incluso su misma dignidad de soberano, ceden paso al más sincero de los dolores. Sorprendido, desconcertado ante tan inédita estampa del monarca, Gaspar de Grizio se le acerca.

—Señor —balbucea con nerviosa torpeza—, comprendo la magnitud de vuestra pena. Pero la reina, que Dios tenga en su gloria, ya ha prevenido en este mismo documento los consuelos que a todo creyente deben conformar en trances tan amargos...

Vuelve hacia la mesa; toma un pergamino y lee:

—... *«el ayuntamiento que tuvimos viviendo e que espero en la misericordia de Dios que nuestras almas tendrán en el cielo... pues aunque mi amado esposo siempre se acuerde que ha de morir, sepa bien que lo espero en el otro siglo y con esta memoria pueda más santa e justamente vivir...»*

—¡Basta, basta! —casi grita don Fernando—. Más que consuelo, esas palabras sólo me dan mayores remordimientos. ¿Es que no comprendéis, don Gaspar, que mi conciencia me está acusando? ¿Es que no os dáis cuenta de que la infinita bondad de Isabel, su generosidad y su amor, tan fielmente recogidas en estas postreras manifestaciones de su voluntad, hacen aún más grande mi villanía...?

—Señor, vos la amasteis...

—Sí, la amé. Aunque no lo suficiente como para

refrenar la torpe concupiscencia de mi carne. La quise y la admiré, cada día más, a medida que iba dándome pruebas de su generosidad, de su inteligencia y de su cariño. Pero no la respeté como se merecía...

El secretario, confuso, busca y no encuentra palabras con que tranquilizar a don Fernando. Le toma éste por el brazo y, mirándole fijamente, dícele con voz ya templada, ya segura:

—Vos, que como secretario suyo, gozasteis de la confianza de mi esposa, hasta el punto de haber merecido el honor de transcribir su testamento por vuestra mano, justo es que conozcáis la magnitud de mis pecados. Os los confiaré con la misma certeza en vuestra discreción con la que ella os dictaba sus memoriales. Siento en estos momentos la necesidad de contar mis vergüenzas, como ejercicio de arrepentimiento y contrición. Antes de ahora, sólo mis confesores las conocieron por mí mismo... Por cierto que de bien poco sirvieron sus admoniciones...

—Si eso os tranquiliza, señor, dad por seguro mi silencio...

—No dudo de él. Sentémonos, don Gaspar...

La llama temblona del hachón ilumina extrañamente los rostros del rey y del secretario. Hay una pausa larga antes de que don Fernando comience a hablar.

—Hasta mis enemigos dicen de mí que soy astuto, reservado y cauteloso. Con mayor razón apliqué tales virtudes (si es que virtudes son) a mis amoríos. Quizás sea ésta la única consideración positiva que ahora encuentro en ellos. Si bien la reina supo de algunos de ellos, pienso que no escandalicé al pueblo, y que incluso en la Corte varios pasaron desapercibidos. Vos mismo, ¿qué sabéis de mis hijos bastardos?

El señor de Grizio vacila unos segundos, antes de contestar:

—Conozco a don Alfonso de Aragón, hoy arzobispo de Zaragoza, nacido de doña Aldonza Roig. Pero, a la sazón, aún no habíais casado con la reina... Y ella fue quien lo educó.

—Sí, cierto es. Aunque, curiosamente, engendré a mi hijo Alfonso al tiempo de firmar los esponsales con Isabel.

—Apenas unos meses antes, por tanto, de que se celebrase vuestra boda en Valladolid, el 19 de octubre de 1469.

—Buena memoria la vuestra. Ella os permitirá comprender que Alfonso nació estando ya casado con doña Isabel, y poco antes que nuestra primera hija. Fue muy duro dar cuenta a mi esposa de la existencia del bastardo; además, no faltaron quienes más tarde quisieron buscar interpretaciones malévolas al sucedido, presentándolo como una venganza mía por haber decidido ella, en su coronación, que le precediera un caballero con la espada real desenvainada, privilegio que en Aragón queda reservado tan sólo para los reyes. ¡Necedades! Para entonces, mi hijo tenía cuatro años.

El rey queda pensativo. De improviso, una mínima sonrisa, mitad amarga, mitad nostálgica, apunta en sus labios.

—La culpa la tuvieron, de consuno, mis diecisiete años de entonces y las noches de Cervera. ¿Conocéis Cervera, don Gaspar?...

* * *

Se llama, realmente, Cervera de Segarra, por estar enclavada en esa comarca catalana y era, a finales del siglo XV, ciudad importante y concurrida. Rodeada de bosques generosamente regados por el río Ondara —o Cervera—, más de cinco mil habitantes la poblaban; la mayoría, dedicados a la agricultura, a una próspera artesanía e, incluso, a cierta incipiente industria menestral. Numerosos monumentos se alzaban dentro del antiguo casco urbano, enteramente cruzado por la calle Mayor; el monasterio de San Pedro, priorato de Ripoll; un castillo, construido en el siglo XIII; la parroquia de Santa María; el hospital de la Orden de San Juan; la iglesia de San Bernardo; el monasterio de Santes Creus. A extramuros, el convento franciscano de Santa María de Jesús y el dominico de San Pedro Mártir, con una hermosa iglesia gótica. Muchas y muy importantes obras de arte —imágenes, cuadros, sepulcros— atesoran todos estos templos. Y en una capilla del siglo XII se venera un fragmento de la Vera Cruz, reliquia milagrosa a la que se acogían los endemoniados para librarse de su tormento y que visitaban peregrinos venidos de toda Cataluña.

De la categoría de Cervera es prueba el hecho de que allí se celebrasen diversas Cortes, en los siglos XIV y XV. En los talleres trabajaban el cuero, los tejidos y la plata y era famosa, en sus campos, la calidad de los frutales, los almendros, los olivares y las plantaciones de uva moscatel. El viejo recinto urbano se encontraba protegido por murallas con torres prismáticas; a partir de 1450, la ciudad fue extendiéndose más allá de ellas y se construyeron los arrabales de la Villanova, la Puebla de San Antonio y el hospital de las Once Mil Vírgenes. El desarrollo económico impulsó también el cultural; existía una rica biblioteca en el barrio judío y varias escuelas de gramática, que en el XVI alcanzaron el grado de Escuelas Mayores.

Pero además, para don Fernando el Católico, Cervera guardaba recuerdos entrañables. En 1465, siendo casi un niño —trece años tenía—, su padre, el rey Juan II de Aragón, a la sazón gravemente enfermo de cataratas, le entregó el mando de las tropas que sitiaban la ciudad —fiel a la causa de la Generalidad— y en cuyo auxilio llegaba el condestable portugués que se hacía titular Pedro IV de Aragón, con un ejército de 2 700 soldados y 700 acémilas con vituallas para socorrer a los sitiados. El jovencísimo príncipe fue puesto al cuidado del arzobispo de Tarragona, Pedro de Urrea, y del conde de Prada, que se les unió en Calaf. Su tropa era sensiblemente inferior a la enemiga: apenas alcanzaba la mitad de sus hombres. Advirtió el arzobispo a don Juan de los peligros de la empresa, presumiblemente excesiva para la inexperiencia del príncipe y contestóle el monarca:

—Ciego estoy; mas mi hijo nació y educado está para luchar con riesgos como el de ahora.

Don Fernando, anticipando el talento militar de que tantas pruebas daría a lo largo de su vida, tomó, pues, el mando del ejército, armó caballeros a otros varios adolescentes y condujo sus fuerzas con tal maestría, que el 28 de febrero derrotaba a los portugueses, causándoles gran quebranto y sin que entre sus hombres, por el contrario, hubiera que lamentar un solo muerto. En agosto culminaba su primera victoria guerrera, con la toma de la ciudad. Sentía, pues, especial predilección por ella; quizás fuera ésa la razón de elegirla, cuatro años más tarde, para firmar allí las capitulaciones de sus desposorios con la princesa Isabel de Castilla. Fueron arduas las discusiones y no faltaron nobles aragoneses que criticaron duramente el texto definitivo, por considerar excesivas las concesiones en favor de la heredera de la corona de Castilla. Don Gaspar se lo recuerda ahora.

—Sin embargo, nunca me arrepentí de haberlas aceptado. Aunque no conocía personalmente a doña Isabel, tenía noticia cumplida de sus virtudes personales y de su prudencia política. Nuestras edades eran parecidas; yo, varios meses más joven. Curiosamente, habíamos estado ya prometidos, siendo niños, aunque el acuerdo se rompió cuando mi padre y Enrique IV de Castilla deshicieron su tratado de paz, del que constituía complemento el pacto nupcial. Al ser proclamada princesa heredera y reconocido el ilegítimo origen de *la Beltraneja* por su mismo padre, muchos fueron los pretendientes que aspiraron a su mano, ciertamente apetecible, por razones de Estado...

El señor de Grizio los enumera:

—El príncipe de Viana, el condestable don Pedro Girón...

—Ambos murieron tan inesperada como oportunamente. Siempre lo interpreté como un designio del Señor, que protegía mis legítimas aspiraciones.

—... el duque de Gloucester, hermano del rey Eduardo IV de Inglaterra; el duque de Guyena, a su vez hermano de Luis XI de Francia; el rey Alfonso V de Portugal...

—Fue quien más cerca estuvo de conseguirlo. Precisamente, su viaje a Toledo, con la firme decisión de solemnizar los esponsales, nos impulsó a adelantar los nuestros, pese a la enemiga del rey Enrique IV, que incluso intentó encarcelar a Isabel en Ocaña.

—El pueblo estaba con vos, señor, y con la princesa. Recordad que se manifestó por las calles de Ocaña, al grito de *Flores de Aragón, de Castilla son...*

—Sí; el pueblo, en ocasiones, demuestra una encomiable cordura. Pero a los aragoneses no les plugo que mi padre, el rey Juan, tuviese que jurar también la declaración de Cervera y que aun yo mismo necesitara ratificar mi juramento ante García Manrique. Entendían que nos situábamos en inferioridad frente a Castilla; mi padre me cedió entonces el título de rey de Sicilia, para aumentar así mis privilegios. Yo, don Gaspar, tenía la decisión bien tomada: al interés que doña Isabel había despertado en mí, a través de sus cartas, unía la convicción de que, uniendo nuestros reinos, alcanzaríamos singular fortaleza.

—Como así fue...

—Resultaron difíciles, con todo, las conversaciones de Cervera. Momentos hubo en que me sentí desfallecer, ante la actitud arrogante de los enviados castellanos y la dura oposición de mis consejeros aragoneses a muchas de sus exigencias. Una noche, debió ser a mediados de aquel año del Señor de 1469, paseaba dialogando conmigo mismo por los olivares de Cervera, más allá de las murallas, y tan ensimismado andaba con mis pensamientos, que ni advertí que la niebla me estaba envolviendo.

Don Fernando se ha acercado al ventanal; mira hacia los campos oscuros, como buscando rescatar los recuerdos de aquella noche en ésta, también oscura, también gélida.

—Y de pronto, como una aparición surgida de las brumas, vi frente a mis ojos a dos damas a caballo, que se detuvieron extrañadas. Apenas distinguía sus facciones; aunque escuché perfectamente una voz dulce, suavísima, que me preguntaba si estaba perdido. En mi obnubilación, había andado al menos una legua y ni recordar podía el lugar donde dejé mi caballo, cerca, sin duda, de alguna de las puertas de la ciudad. Así, de tan curioso modo, conocí a doña Aldonza.

—Si me permitís, señor, os diré que siempre tuvo fama de ser noble y discreta...

—Noble lo es, pues desciende del linaje de los señores de Portell y singular prestancia tenían sus padres, don Pedro Roig y doña Aldonza de Ivorra. Ella contaba entonces veinte años o, al menos, tales le calculé. Tres más que yo, por tanto. Y su dulzura y su inteligencia la hacían compañera inmejorable para quien sufría tanta agitación y andaba debatiéndose entre dudas y vacilaciones...

Sin embargo, don Fernando no reveló aquella noche su identidad a la joven; ayudóle ella a encontrar su caballo y se despidieron sin más. Quiso el azar que a la mañana siguiente coincidieran en la misa de siete, en la parroquia de Santa María, y a la salida, el caballero don Álvaro de Rigat, que acompañaba al príncipe y era conocido también de los padres de doña Aldonza, hizo las presentaciones. Sorprendida —gozosamente sorprendida—, la joven recriminó a don Fernando la ocultación de su verdadera personalidad y él, todavía inexperto en materia de relaciones femeninas, turbóse al balbucear las excusas. Volvieron a verse al anochecer; llegó tarde a la cita el príncipe, pues las pláticas sobre sus capitulaciones matrimoniales se habían alargado más de la cuenta. Con ello, nuevamente estuvo en inferioridad frente a doña Aldonza, y pudo ella repetir sus quejas, entre bromas y veras.

Don Fernando, que necesitaba contar a alguien sus problemas, se confió enteramente con la joven. Las horas se les fueron charlando; otra vez se encontraron al siguiente día y ya se perdieron entre los viñedos y la estallante juventud del príncipe sucumbió pronto a la tentación de los labios jugosos de doña Aldonza. Todo fue tan rápido como inevitable; para don Fernando, una pasión de adolescente, la primera experiencia en un amor limpio, el goce inacabable del sexo como liberación de sus cavilaciones políticas. En ella hubo más; hubo un enamoramiento profundo, una entrega absoluta a quien también le había descubierto los secretos del placer carnal.

Se firmaron al fin las capitulaciones matrimoniales; dejó don Fernando la ciudad de Cervera, por segunda vez unida a sus mejores recuerdos, y tuvo que olvidarse de doña Aldonza, absorbido por el trajín de su inmediata boda. Para resolver los últimos problemas que le creaba la animadversión del rey Enrique IV, necesitó quemar etapas y marchar desde Tarazona a Valladolid, disfrazado de criado, aparentando servir a unos mercaderes que eran, en realidad, caballeros de su Corte. El viaje resultó difícil e incluso a punto estuvo de perder la vida en El Burgo de Osma, al ser tomado como un truhán por los guardianes del castillo (1). El 14 de octubre conoció, al fin, a doña Isabel; la impresión recíproca fue inmejorable. Cinco días más tarde contraían solemne matrimonio y comenzaban *las tristezas en la luna de miel,* como las definió don Ramón Menéndez Pidal. Pues graves y numerosas fueron las cuitas de los re-

(1) Puede encontrarse el relato detallado de estos hechos, que parecen inventados para una novela de aventuras, pero son históricamente ciertos, en *Isabel, camisa vieja,* págs. 37 y ss.

cién casados, agobiados de una parte por su penuria económica (don Fernando necesitó acudir a su padre, ya que debía dinero incluso a los caballeros de su Corte) y de otra, acosados por las maniobras de Enrique IV, que pretendió anular su matrimonio en Roma, por la supuesta falta de la dispensa de consanguinidad, al tiempo que rehabilitaba a *la Beltraneja*, con intención de proclamarla princesa heredera en lugar de Isabel.

Precisamente en momentos tan difíciles, cuando la situación de Isabel en Castilla resulta por demás inestable, y en Aragón, el viejo y achacoso rey Juan reclama de continuo su asistencia, recibe Fernando la noticia de que doña Aldonza ha dado a luz un varón; un hijo suyo, al que llamará Alfonso. Se lo comunica la propia doña Aldonza, en unas breves y emocionadas líneas que le hace llegar a través de un caballero aragonés, ignorante por completo del contenido del mensaje que ha transmitido. El mismo se encarga de llevar la respuesta; con premeditado laconismo, el príncipe ruega a la señora que se traslade a Zaragoza, donde ella y el recién nacido recibirán las atenciones que merecen. Escribe asimismo a su padre, a quien comunica la noticia, con especial ruego de que mantenga el más riguroso de los secretos; aunque le encomienda el cuidado de la criatura y de su madre. A su esposa, nada le dice...

—Tentado estuve de hacerlo más de una vez, os lo aseguro; mas me vencía siempre, cuando ya parecía decidido, una extraña mezcla de temor y de vergüenza. Estaba a la sazón doña Isabel atribulada por tan espinosos problemas en su reino y pasábamos tan grave necesidad en nuestra hacienda, que sólo su entereza y su fe en Dios le permitieron mantener de continuo aquella su inolvidable sonrisa. Pensé que no debía aumentar sus aflicciones con semejante sufrimiento.

—Disculpadme si os digo que fue un error.

—Bien que lo comprendí más tarde. Ya que, cuando al fin le confesé mi culpa, uní a ella el agravante del engaño en que la había mantenido durante más de cuatro años...

Fueron años, además, de frecuente separación física entre los esposos. Don Fernando ha de acudir constantemente en ayuda de su padre, con quien colabora en el sitio de Barcelona. Viaja después a Tarragona y Valencia, para entrevistarse con el cardenal Rodrigo de Borja, que ha llegado de Roma como delegado *ad laterale* de Su Santidad Sixto IV. Nuevamente marcha a Cataluña y, al frente de los ejércitos aragoneses, defiende Perpiñán del acoso francés y consigue firmar una concordia, en virtud de la cual obtiene Juan II el dominio de las tierras del Rosellón y la Cerdaña. En el verano de 1474, estando en Zaragoza, toma una de sus más sorprendentes y crueles decisiones: la brutal ejecución de Jimeno Gordo, hidalgo converso que había renunciado a su estirpe para conseguir cargos públicos. Hízole llamar a palacio como si de una audiencia normal se tratase, y compareció ante él, acompañado por un sacerdote, un ejecutor público y un verdugo; sin mayores preámbulos, le invitó a confesarse antes de morir. De nada valieron las súplicas del desventurado, que fue abatido a hachazos; su cadáver se expuso en público al siguiente día.

Semanas más tarde, don Fernando presidió las Cortes de Aragón, como lugarteniente del reino que era. Tan dilatada estancia en Zaragoza hizo inevitable el encuentro con doña Aldonza —ya casada, como veremos—, quien le llevó a su hijo Alfonso para que lo conociera. Tenía cuatro años, era muy despierto y se ganó en seguida el cariño de su padre. De tal modo, que antes de abandonar la ciudad para regresar a Barcelona, le reconoció como bastardo. Dejó, por tanto, de ser un hijo secreto y por ello tuvo pronto doña Isabel noticia de su existencia. Ni sus más íntimos apreciaron en ella ninguna reacción; supo contenerse y buscó consuelo en la oración y en los consejos de su confesor, fray Hernando de Talavera.

—Fray Hernando me envió una carta muy dura. Siempre admiré a este monje, de probada virtud y muy clara inteligencia; pero no conseguí intimar con él, pese a que intenté, incluso, tenerle por confesor. En aquella misiva me exhortaba a que fuese *mucho más entero en el amor y acatamiento que a mi excelente y muy digna compañera es debido*...

—Perdonad, señor. ¿Y doña Isabel?

—Todos estos sucedidos vinieron a coincidir con su proclamación como reina de Castilla. Murió Enrique IV de manera súbita, como recordaréis, y mi esposa, con indudable acierto y probando una vez más su sabiduría política, logró que la coronasen al siguiente día, en Segovia, sin dar tiempo así a las intrigas de los seguidores de *la Beltraneja*.

—Vos no asististeis a tan solemne acto.

—Estaba en Zaragoza; me enteré cuando ya todo había pasado. Supe también del protocolo utilizado, a mi entender impropio, pues sólo a los reyes debe preceder un caballero con la espada desenvainada y en alto, como prueba de su poder. Sin embargo, no le di al hecho la importancia que otros le atribuyeron; aunque quizás fuera un aviso de mi esposa.

—Su enfado resultaba natural...

—Grandemente enojada estuvo conmigo por entonces. Aunque tuvo la gentileza de disimular las razones personales con otras políticas. Así, el jurisperito don Alfonso de la Cavallería envió una carta a mi padre, fechada el 24 de diciembre, en la que le instaba para que intercediera cerca de nosotros *enamorándonos de la unión y la concordia*. En su apariencia, trataba de suavizar tan sólo el disgusto que a mis nobles aragoneses habían causado los acuerdos tomados por los castellanos, en ocasión de la jura de la reina. Pero yo fui más lejos en la interpretación, como supondréis. Así que retardé en lo posible mi reencuentro con ella y no llegué a Segovia hasta el 2 de enero. Fui recibido con honores de rey; los caballeros de Castilla besaron mi mano y hasta los cardenales Mendoza y Carrillo, dando de lado sus diferencias, me aguardaban en la catedral, para testimoniar mi juramento como rey de Castilla. De allí fuimos al Alcázar, donde esperaba doña Isabel. Se sirvió un banquete, con asistencia de toda la nobleza; hasta que nos retiramos a nuestras habitaciones, cercana la medianoche, no tuve ocasión, pues, de hablar a solas con mi esposa...

Calla don Fernando; el señor de Grizio respeta su silencio, mientras por su imaginación pasa el recuerdo de los rumores que aquellos días circularon por la Corte. Se habló de violentas discusiones entre el matrimonio; de bofetones, incluso; del rey, postrado de hinojos ante Isabel, pidiendo con lágrimas su perdón. Aunque fue lo cierto que, en la actividad pública, nadie pudo advertir la menor frialdad en sus relaciones. Como si adivinase sus pensamientos, el monarca dice:

—Comprenderéis que los reproches de mi esposa estaban más que justificados; pero era grande su magnanimidad y poco tardó en disculpar mi conducta. Bien clara quedó esa generosa disposición, al otorgarme amplísimos poderes, en ocasión de la guerra con Portugal, que excedían, incluso, de las facultades previstas en la concordia de enero.

—Y quiso conocer a vuestro hijo.

—Al niño, sí; nunca a doña Aldonza. Mas no lo achaquéis a orgullo, sino al respeto que a sí misma se tenía. A sí misma y al sacramento del matrimonio.

—Me parece lógico, señor.

—El pequeño Alfonso le causó una gran impresión. Era vivaracho, simpático, inteligente. Dotes que, por cierto, fue acrecentando con el tiempo. Tanto le satisfizo, que manifestó un gran empeño en atender a su educación lo más directamente posible.

Se nublan los ojos del rey.

—Cuando años más tarde, cuando murió nuestro único hijo, el príncipe Juan, dejando tan profunda soledad en nuestras vidas, pensé que gracias a los desvelos de mi esposa, otro hijo mío, aunque no de ella, servía ejemplarmente a nuestros reinos. Era un consuelo, al menos, para mi desgracia.

—Ciertamente podéis estar orgulloso de él.

—En efecto. A los treinta y cuatro años cumplidos, que ahora tiene, ha respondido en todo momento a la confianza que en él deposité. Goza de gran predicamento entre el pueblo aragonés y nobles y eruditos se disputan su amistad, pues afectuoso es su carácter y mucha su sabiduría.

A los nueve años de edad había sido nombrado por su abuelo Juan II arzobispo de Zaragoza, después de una dura polémica con el papa Sixto IV, que patrocinaba la candidatura de monseñor Ausias Despuig. Además de hacer valer ante Su Santidad los servicios de Aragón y Castilla a la causa pontificia, don Fernando, que muy personalmente intervino en el contencioso, ofreció al candidato papal tales dignidades y, sobre todo, beneficios económicos tan considerables, que monseñor Despuig no dudó en renunciar a la mitra. El conflicto fue largo y espinoso y a punto estuvo de provocar la ruptura entre el rey de Aragón y el Pontificado; pero la capacidad maniobrera de Fernando acabó imponiéndose, con la eficaz ayuda del nuncio Nicolás Franco, otro hábil negociador.

En 1478, pues, Alfonso de Aragón era nombrado arzobispo de Zaragoza, sucediendo en la silla episcopal a su tío Juan; pero, a causa de su temprana edad, ostentaría tan sólo el cargo de administrador apostólico, hasta que cumpliera los veinticinco años. Fue, más tarde, arzobispo de Monreal, en Sicilia, y terminó rigiendo la archidiócesis de Valencia. Diputado de la Generalidad aragonesa, ejerció en numerosas ocasiones como lugarteniente del Reino y de la Corona catalanoaragonesa. Y además de tan brillante carrera eclesiástica, destacó como humanista y protector de las letras y las ciencias.

Hablaba y escribía correctamente el latín, lo que le permitió mantener correspondencia con Lucio

Marineo, quien le dedicó su *Epistolarum familiarum*, en 1514. Años antes, Antonio Geraldini le había dedicado también el *Carmen bucolicum*. En su selecto círculo de eruditos (hoy les llamaríamos intelectuales) destacaban su secretario, Gaspar Barrachina, el poeta Juan Sobrarias (que asimismo le dedicó una obra, *Carmen panegyricum*) y el humanista Alfonso Segura. Mantuvo relación con los grupos lulianos de París, especialmente con Lefevre d'Etables, e impulsó las primeras ediciones litúrgicas salidas de las imprentas zaragozanas. La gran estima y profunda confianza que en él depositó siempre su padre, el rey don Fernando, quedó acreditada cuando, en su testamento, le nombró gobernador del reino de Aragón, en las ausencias de su nieto Carlos, gobernador general de los reinos. Esta designación fue duramente cuestionada por las Cortes aragonesas, que sólo aceptaron para el arzobispo el título de curador, e incluso el justicia del Reino se negó a tomarle juramento, provocando distintos enfrentamientos entre los partidarios de uno y otro bando.

El cronista de Aragón Bartolomé de Argensola defendió, en el siglo XVII, una leyenda que, sin embargo, no ha tenido posterior confirmación histórica. Según ella, los desaires hechos por Felipe el Hermoso a don Fernando le incitaron a desvincular por entero el reino aragonés de Castilla, y para ello pensó renunciar a la Corona en favor de Alfonso. Lo que, naturalmente, exigía la previa reducción de éste al estado seglar. Siempre según el mismo cronista, solicitólo del Papa, por mediación de su embajador en Roma, alegando que su hijo bastardo no había tomado libremente el estado eclesiástico, sino que lo hizo por imposición de doña Isabel, que a los ocho años persuadió a su abuelo, Juan II, para que le confiriera las dignidades del arzobispado de Zaragoza y a los dieciséis le obligó a ordenarse presbítero y dijo misa, *siendo aquélla la única que celebró en toda su vida* (sic). El Pontífice, presionado por el emperador Maximiliano y el propio Felipe, denegó la petición. Semejantes afirmaciones no parecen, en absoluto, creíbles; y desde luego, no existe documentación alguna que las avale.

Conocidas las licencias de la época, lo que no extrañará es que Alfonso de Aragón se uniera sentimentalmente —como ahora suele decirse— con doña Ana de Gurrea, con la que tuvo nada menos que siete hijos, dos de los cuales —Juan y Fernando— le sucederían más tarde en la sede episcopal de Zaragoza. Evidentemente, no sólo había heredado la inteligencia y las dotes políticas de su padre, sino también su fogosidad en el amor.

* * *

Embebidos en la charla, el rey y don Gaspar han dejado pasar la hora de la cena. Nadie lo advierte, porque las instrucciones de don Fernando fueron tajantes: ninguna interrupción, hasta recibir aviso suyo. Tampoco sienten el menor apetito; lógicamente apasionado por las revelaciones del soberano, el señor de Grizio pregunta cada vez con mayor interés.

—¿Qué fue, señor, de doña Aldonza?

—Nuestros contactos personales resultaron escasos; a través de nuestro hijo nos enviábamos saludos y yo atendí siempre sus peticiones, por otra parte bien parcas. Tuve que intervenir, eso sí, para facilitar la anulación de su matrimonio.

—¿Se había casado?

—Decid mejor que la habían casado, en contra de su voluntad, con un ciudadano de Lérida, un tal Bernardo de Olzinelles, persona vulgar y sin distinción alguna. Fue a poco de nacer Alfonso; los padres de doña Aldonza sentían la preocupación, que a mí se me antoja encomiable, de preservar el honor de su hija. Buscaron y encontraron a ese sujeto, que no tuvo inconveniente en contraer matrimonio, es de imaginar que a trueque de gratificantes recompensas económicas: don Pedro Roig gozaba de fortuna y era de natural generoso. El proceso canónico duró dos años hasta que, felizmente, se decretó la nulidad del vínculo conyugal, por consentimiento viciado. A los pocos meses doña Aldonza volvió a casarse. En esta ocasión, por su libre voluntad y plenamente consciente de su decisión.

—Quiere ello decir que se había enamorado...

Duda el rey en la respuesta. Al fin, comenta, sin demasiada convicción:

—Imagino que así sería. Aunque me permitiréis, don Gaspar, la vanidad de pensar que siguió amándome; con un amor lejano y limpio, por supuesto. Pero bien sabéis que el primer amor perdura a lo largo de nuestras vidas, sin menoscabo de que podamos después querer sincera y lealmente a la mujer con la que nos unimos para siempre. Y yo había sido para doña Aldonza el primer hombre: ése que jamás se olvida.

Hace una pausa.

—Por la misma razón, siempre recordaré con agrado a doña Aldonza, aunque a Dios Nuestro Señor le consta que mejor quisiera no haberla conocido, dado el grave daño que con nuestra furtiva relación hube de causar a mi señora doña Isabel. En fin; os decía que ella volvió a casarse, esta vez con un caballero de la nobleza, el vizconde de Evol, don Francisco de Castro-Pinós del So. Sin embargo, la felicidad se le negaba: enviudó a los ocho años de matrimonio, en 1497. Desde entonces, tengo entendido que vive retirada, en constante y afectuosa relación con nuestro hijo Alfonso, por quien recibo, de tarde en tarde, sus noticias.

Don Gaspar de Grizio repara en lo avanzado de la hora.

—¿No estaréis fatigado, señor?

—Sí, por cierto. La jornada ha sido dura; mas estas confesiones me están haciendo mucho bien. Con ellas recapitulo mis humanas debilidades y al recordarlas ante vos, mayor es mi sonrojo y más grande mi compunción, que mi amada esposa Isabel apreciará desde la eterna Verdad donde ya reposa.

—De todos modos, las circunstancias de vuestra relación con doña Aldonza permiten enjuiciar los hechos con evidente benevolencia. La conocisteis aún célibe, en momentos de indudable turbación, y si bien se considera, no cabe hablar de un amancebamiento, en su sentido estricto. Quizás vuestro pecado mayor consistiera en no confiaros a la reina; en silenciar por demasiado tiempo una ligereza de adolescente, que de haber sido oportunamente declarada, sin duda no hubiese provocado cuestiones graves...

—Sois generoso en vuestros juicios; aunque cierto es que lo mismo he cavilado a menudo. Mas si aquella flaqueza podría indulgirse, ninguna exculpación encuentro para mis posteriores pecados. Que a más de vitandos, fueron del todo necios.

Vuelve a pasear don Fernando por la estancia. Acércase a una cántara que ocupa una hornacina, cercana al ventanal, y se sirve un vaso de agua.

—Habéis razón —dice, después de beber—; la noche está muy entrada. Así que continuaremos esta plática mañana, inmediatamente después de la misa, durante la colación, que gustoso compartiré con vos.

—Será un honor, Alteza.

—Buenas noches, don Gaspar.

—Que Dios os guarde, señor...

CAPÍTULO SEGUNDO

CONTINÚA EL REY REMEMORANDO SU PASADO LUJURIOSO Y CUENTA LOS FAVORES QUE OBTUVO DE DOÑA JOANA NICOLAU Y LA HIJA HABIDA CON ESTA DAMA DE TÁRREGA, AHORA CASADA CON EL DUQUE DE FRÍAS Y LOS POSTERIORES Y FUGACES ENAMORAMIENTOS CON LAS SEÑORAS DE LARREA Y DE PEREIRA, DE LOS QUE FUERON FRUTO OTRAS DOS HIJAS, AMBAS MARÍA DE NOMBRE, QUE PROFESARON EN RELIGIÓN Y JUNTAS ESTÁN EN UN CONVENTO DE AGUSTINAS

La misa —a las siete de la mañana– ha sido íntima; apenas una docena de personas. Pues obispos, nobles, clérigos, damas de la Corte y buena parte de la servidumbre salieron poco antes del amanecer, bajo una lluvia torrencial, para acompañar los restos mortales de doña Isabel la Católica en su camino hasta Granada. Bien hubiera querido don Fernando ir también con ellos; pero las ineludibles exigencias de su deber de soberano le obligan a quedarse en Medina, donde le aguardan momentos difíciles, ante la necesidad de adoptar medidas trascendentales para el futuro de los reinos.

Viste el rey el mismo jubón negro de la tarde anterior y la fatiga de su rostro descubre la noche pasada en vela. Ha comulgado con especial fervor; recibe el pésame del sacerdote oficiante y de todos los presentes y, acompañado por don Gaspar, vuelve a su aposento.

—Duro camino para el cortejo, con estas aguas... —dice, mientras se sienta.

—Talmente parece, señor, que hasta el cielo llora por nuestra reina...

La estancia queda medio en penumbra, que oscuro es el día, ensombrecido por las nubes. Un criado entra con dos candelabros, y los deja sobre la amplia mesa, donde está preparado ya el refrigerio. Don Fernando sorbe, con pocas ganas, un vaso de leche; el señor de Grizio lo acompaña con una rebanada de pan con miel. Nada se dicen en el mientras tanto y el silencio se prolonga aún bastantes segundos, hasta que lo rompe el rey.

—Durante esta larga noche, que pasé en claro, he vuelto a meditar en las viejas historias de malos amores que comencé a narraros. Y concluí que, haciéndolo, me libero en parte de mis remordimientos, como ya os dije ayer. Debo, pues, seguir en ello...

—Como gustéis, Alteza.

—Os hablé tan sólo de aquel amor adolescente con doña Aldonza, del que fue fruto mi hijo Alfonso, dotado por el Señor con tantas cualidades y que de modo tan eficaz nos sirve en el reino de Aragón. Mucho ha de sentir la muerte de doña Isabel, pues le atendió con solicitudes maternales y a ella debe, en gran medida, su buena crianza.

—Mostró la reina, al hacerlo, su inmensa generosidad y amor hacia vos...

—Cierto es. Tan cierto como que no lo merecí...

Deja el sillón; se acerca al ventanal y pierde la mirada en el paisaje cruzado por las gotas de una lluvia incansable.

—Con este temporal, muy lentamente marchará la comitiva fúnebre. ¿Cuánto hace que partió?

–Aún no cumplieron las tres horas.

—Ni siquiera habrán llegado a la aldea de El Campillo... ¡Cuán duros son los inviernos en Castilla, don Gaspar...! Comprendo que sus gentes salgan tan recias y abnegadas. Mucho admiré esta capacidad suya de sacrificio durante la guerra contra los portugueses, a la que me tuve que entregar apenas casado con Isabel...

Da unos pasos.

—Recordaréis que también por entonces, a causa de la mala salud de mi padre, el rey de Aragón, hube de acudir con frecuencia en su ayuda. Por si algo faltara para ampliar mis ausencias, el 72 necesité marchar a Valencia, para recibir al cardenal Rodrigo de Borja, que bien nos ayudó después a consolidar los derechos sucesorios de mi esposa al trono que todavía ocupaba su medio hermano, aquel desdichado Enrique, que Dios tendrá en su gloria.

—¿Tanto confiáis en la benignidad del Señor?...

No puede evitar el rey don Fernando una sonrisa. Y sigue:

—A finales de aquel año, o quizás a principios del 73, volviendo de Perpiñán, donde infligimos grave derrota al francés, gracias a las cuatrocientas lanzas castellanas que me acompañaron y a otras fuerzas venidas de Valencia, decidí pasar unos días en Tárrega. Tenía que aviar asuntos urgentes, pues mi padre había firmado una concordia con el rey de Francia, por la que obtuvimos el Rosellón y la Cerdaña; estaba ya medio ciego y mi asistencia le resultaba imprescindible.

—Fue un éxito memorable, que os ganó el cariño de los catalanes.

—Y de las catalanas, mi querido don Gaspar. —Los ojos se le avivan al recordarlo—. Pues debo deciros que poco conocen los castellanos las virtudes de aquel Condado y de sus moradores, gentes en verdad laboriosas, mas, al propio tiempo, llenas de sensibilidad y muy dadas a cultivar el espíritu.

—Así lo tengo entendido.

—Tárrega es villa populosa, bien trazada, con notables edificios. Curiosamente se halla muy cercana (apenas veinte leguas) a Cervera, donde bien poco antes consumé, recordadlo, mi primer pecado grave de infidelidad. Alojéme en el palacio de Floresta, y la misma noche de mi llegada me ofrecieron una fiesta ruidosa, pues grande era el gozo de las gentes por la feliz conclusión de las reyertas con los franceses...

* * *

Cincuenta personas, quizás más, llenan el comedor del palacio. Ocupa don Fernando la cabecera de una larga mesa; a su alrededor se sientan el obispo, el alcaide, varios abades, infanzones, militares, hidalgos y lo más destacado de los estamentos tarraguenses. La cena ha sido copiosa, aunque, según su costumbre, el príncipe aragonés haya estado muy frugal, tanto en el comer como en el beber. Además, por encima de las viandas —sopa de la olla; setas de la comarca (que llaman *rovellons*); imirrauste; gallina del Prat trufada, cordero cocido y deshilado, coloreado con azafrán; frutas de la huerta, almíbares y golosinas, tostadas de huevo, membrillo cocido—, lo que mayormente le ha importado ha sido su reiterado cruce de miradas con una joven que, sentada a la mesa de su izquierda, estuvo todo el tiempo pendiente de él. Es muy bella; los ojos, negros; la nariz, pequeña y bien hecha; labios finos; la tez, blanca y sin afeites; unos cabellos negros, recogidos en moño. No lleva anillos ni sortijas; tan sólo, un collar de perlas, y como arracadas, dos aros a los que sacan destellos los hachones que iluminan el salón.

Lleva don Fernando casi tres meses lejos de su mujer; tiene entonces veinte años. Y su ardiente temperamento, en plenitud. Las miradas duran cada vez más tiempo; ha de esforzarse para seguir una conversación trivial con la esposa del alcaide, que está a su derecha, y para contestar a las preguntas del obispo, a la izquierda, empeñado en conocer con detalle las cláusulas de la concordia firmada con el rey de Francia. En cierto momento, ya a los postres, la joven le sonríe. ¿Le ha sonreído o así se lo parece? ¿Y quién será? Aprovecha la locuacidad de la alcaidesa para que le informe acerca de la identidad de los personajes locales allí presentes, pues teme —le dice— infringir el protocolo con alguno. La señora, especialmente gustosa, va recorriendo las mesas y detalla nombres y circunstancias. Por fin llega hasta la joven.

—Joana Nicolau se llama. De ella poco puedo contaros, señor. Que es doncella, hija de un oficial de vuestros ejércitos, que enviudó hace años. Debe haber venido acompañando a la dama que está a su lado, esposa del procurador Borrás, el caballero calvo que se sienta junto a ella, pues el padre anda todavía por la Francia. Creo que tiene fama de tañer muy bien el laúd... Incluso dicen malas lenguas que es aficionada en demasía a la danza.

Pasadas las nueve de la noche, terminado el banquete, un trovador recita sus versos en honor de don Fernando y canta, con voz atiplada, una serenata. El bufón pretende divertir después a la concurrencia con sus gracias; nunca le han placido a Su Alteza los bufones y tiene al de su corte en constante inactividad, pues tampoco a doña Isabel le gustan las bromas, por lo general groseras, que suelen constituir el repertorio de estos menudos servidores. Cuando acaba —las risotadas han sido grandes en la mayoría del público—, el alcaide anuncia que van a dispararse en la calle, frente a la fachada del palacio, unas pólvoras de artificio, para que el pueblo participe de la fiesta y se una al homenaje a Su Alteza. Ruega a éste que se digne salir al balcón principal, para seguir los fuegos; y a las damas y caballeros presentes, que lo hagan a continuación.

La noche es clara, claveteada de estrellas alrededor de una luna redonda y en plenitud. Estallan los cohetes y las pólvoras y se iluminan los cielos, entre el entusiasmo de la muchedumbre que se apretuja en la calle. A la luz de este resplandor, busca don Fernando a Joana y otra vez se encuentran sus miradas: ahora está a pocos pasos de él, separada tan sólo por cuatro o cinco personas. De pronto, uno de los cohetes voladores quiebra su ascensión vertical y, zigzagueando, va a dar contra el hombro de la joven. Lanza un grito; se arremolinan los caballeros; dos de ellos la ayudan a pasar al interior del salón y la sientan en un diván; don Fernando les sigue.

Todo queda en el susto. La hombrera del vestido, chamuscada, y nada más. Alguien ofrece a Joana un vaso de agua, que bebe con ansia. Ya está a su lado el príncipe; al advertirlo, se levanta e intenta hacerle la reverencia de corte. Mas él la toma por el brazo y se lo impide, al tiempo que le dice, sonriente:

—Por fortuna, no sois partidaria de esos vestidos con tan amplios descotes, que dejan al aire los enteros hombros; de serlo, no la tela, sino vuestra piel, habría resultado lastimada.

Se tiñen de rosa las blancas mejillas de la joven; insiste don Fernando:

—Lástima hubiera sido, que sin duda esa piel es fina como la seda.

—Gracias, señor...

El alcaide interrumpe:

—Perdonad, Alteza; debiéramos volver al balcón, pues los fuegos ya terminan y el pueblo querrá aclamaros.

—En seguida voy; adelantaos vos. —Y añade cuando se aleja—: Celebro de veras que nada os haya sucedido, Joana.

—¿Y cómo sabéis mi nombre? —se extraña ella.

—Gústame siempre conocer cómo se llaman las distintas formas de la belleza.

Baja los ojos la joven; su rubor se ha acentuado. En un susurro dice:

—Si puedo serviros en algo...

* * *

Don Gaspar de Grizio mueve la cabeza, en explícito gesto de comprensión.

—Señor, otra vez encuentro disculpas para vuestra nueva caída. Seguíais siendo muy joven, vuestra pujante virilidad no se acomodaba a la abstinencia de la carne...

—Sin embargo, debí domeñarla; que no menos ardiente era mi esposa (y dispensadme si, puesto que sincerándome estoy, me permito revelar tales intimidades) y ella bien supo siempre conservar su castidad y permanecerme fiel en todos los instantes de su vida.

Guarda un breve silencio; mirando muy fijamente a su interlocutor, añade después con voz grave:

—Ya sé que algún insolente se permitió groseras insinuaciones acerca del afecto que doña Isabel sentía por Gonzalo de Córdoba. Incluso deslenguados hay que aventuran que mi actitud con el Gran Capitán, en ocasiones ciertamente dura y para algunos injusta, está motivada por los celos. ¡Enorme necedad! He tenido que moderar con frecuencia los excesos y aun las liberalidades de quien, siendo un magnífico militar, no descuella allá en Nápoles por su prudencia administrativa. Pero jamás, jamás, hubo en mí celera ni mucho menos, desconfianza: los sentimientos de la reina hacia Gonzalo fueron simplemente de estimación por sus virtudes guerreras y de gratitud por las victorias que nos ha dado...

—Nadie en su juicio pudo nunca pensar de otra manera.

—¡Con aquella profunda religiosidad que tenía doña Isabel! Era tan grande, que en ocasiones parecíame una santa. En los primeros años de nuestro matrimonio, llegó a resultarme excesiva; pues yo, aunque cristiano cumplidor, nunca alcancé semejantes perfecciones. Después, fui acostumbrándome y hasta mejoré notoriamente en la atención de mis obligaciones con Dios. Pero no perdamos el hilo del relato, que corre el tiempo y mucho me queda por hacer.

—Imagino que doña Joana no tardaría en veros.

—La tarde siguiente la hice venir a palacio, confiada a la discreción de uno de los caballeros de mi séquito personal. Puedo aseguraros que, en esta ocasión, fui más seducido que seductor. Y que mi relación con Joana no tuvo otra motivación que la lujuria. ¡Cuán sabiamente supo excitar todas mis pasiones aquella dulcísima catalana! No era, como me dijeron, doncella: tan sensual y ardorosa, tan llena de intuiciones para los menesteres del amor, forzosamente no podía serlo. Holgamos con reiteración el resto de días que permanecí en Tárrega; mas estaba escrito que el Señor castigaba mis liviandades, dejando siempre rastro de ellas. Así que, cuando pensaba terminado aquel amorío y hasta medio olvidada tenía a su responsable, supe que estaba encinta. Esta vez fue una niña la que trajimos al mundo.

—Y pronto se conoció en la Corte, pues quizás alertado por vuestra anterior experiencia, no tardasteis en confesárselo a vuestra esposa.

—La cual pareció menos irritada que en la otra ocasión; pero en seguida adoptó conmigo una actitud de frialdad desesperante e incluso rechazó durante muchos días mis demandas de esposo. Con ello logró desazonarme, ya que, sabedlo bien, doña Isabel siempre me satisfizo como mujer más que ninguna otra. Salí nuevamente de viaje y tan abatido estaba, que le escribí una carta insólita para mi carácter, sin duda soberbio. Guardo de ella copia, ya que creo que deja testimonio de mi postración de ánimo en aquella época...

Va hacia un bargueño; lo abre con una llave que saca de la faltriquera, toma un fajo de pergaminos y acercándose a la llama del hachón, lee:

—*Mi señora: ahora se ve claramente quién de nosotros ama más. Juzgando por lo que habéis ordenado se me escriba, veo que podéis ser feliz, mientras yo no puedo conciliar el sueño. Un día volveréis a vuestro antiguo afecto. Si no, yo moriría...* ¿Qué os parece?

—En verdad, una rendición sin condiciones —sonríe don Gaspar.

—Mucho carácter tenía la reina; en la primera batalla de Toro, recuerdo que ante su indignación por la derrota, por la que manifestaba más dolor que alegría al encontrarme incólume, tuve que decirle: *¡Gran trabajo tendremos con vos de aquí en adelante!* Y ciertamente, lo tuve. Pero esta carta, don Gaspar, que el corazón dictó a mi mano, dio resultados óptimos. Cuando me reuní con ella en Sevilla, no sólo tuvo por olvidado mi desliz, sino que prodigó conmigo las más deliciosas ternezas...

Guarda la carta en el bargueño. Y sigue:

—Pasó por mi vida doña Joana, sin dejar más recuerdo (importante recuerdo, bien es verdad) que aquella niña, a la que se dio el nombre de su madre y por Juana de Aragón es conocida. Seguí a distancia su educación y crianza; incluso la favorecí en mi primer testamento, otorgado en el verano del 75, cuando nos aprestábamos para la definitiva batalla de Toro, que tan cruenta resultó. También, años más tarde, quise casarla en Escocia...

Atento siempre a las conveniencias políticas de su reino, don Fernando, que tan certeramente acordó los matrimonios de sus hijas legítimas (aunque el destino quiso que no todos los enlaces cumplieran con el fin previsto), intentó, en 1489, aprovechar también el matrimonio de esta hija natural para satisfacer intereses de Estado. Pero sus embajadores en Inglaterra, Diego de Vergara y el doctor De Puebla, plantearon la operación nupcial con tales errores, que el rey tuvo que desautorizarles y el proyecto fracasó. Ya que los plenipotenciarios la presentaron como hija legítima habida en matrimonio secreto; lo que exasperó al rey, quien les dirigió una larga carta reconviniéndoles por su mentira y haciéndoles ver *quanto inconveniente puede traer aquello*, ordenándoles en consecuencia que procurasen *que su embaxada sepa antes que parta para acá, de vos antes que de otro, que no es fija legítima*. Y que si, sabida por ellos la verdad, continuaban aceptando el casamiento, no habría inconveniente *en acrecentar la dote de doña Juana en otro tanto quanto de acá llevasteis*.

Previniendo, sin embargo, que se romperían las

negociaciones matrimoniales —como así ocurrió—, indicaba también a sus embajadores que, *para que no se quiebre la pendencia con el rey de Escocia, por el bien que viene dello al rey de Inglaterra, porque no se concierten con el rey de Francia, pues decís que ellos se tienen por tanta parte que nos farán dar a Rosellón; entretenedlos diciendo: acábese primero lo del Rosellón y entonces le daremos una de nuestras fijas*. Está claro, pues, que don Fernando en ningún momento olvidaba los intereses políticos. Hasta el punto que, en esta misma carta, si bien recriminaba a sus embajadores por haber presentado como legítima a su hija, les incitaba a incurrir en otra falsedad: *podesle decir que es fija natural, que fue habida antes del matrimonio*.

Por supuesto que semejante y artera insinuación no se la comenta a don Gaspar, aunque sí le informa acerca del destino final de Juana de Aragón, indudablemente dichoso:

—El matrimonio con el escocés no pudo realizarse; el rey se retractó, al conocer la ilegitimidad de mi hija. Pero Juana acabó casando con el gran condestable de Castilla, don Bernardino Fernández de Velasco, duque de Frías.

—Uno de vuestros vasallos más fieles...

—Viven muy felices en Burgos, donde el condestable ha hecho construir una hermosa casa, que llaman del Cordón; en ella habitan. A don Bernardo le place la literatura y escribe donosas crónicas sobre los anales de mi reinado.

—¿Y en cuanto a su madre, doña Joana?

—Tengo entendido que ha estado en Burgos en dos o tres ocasiones, pero nunca coincidimos. Ha obrado con extrema discreción en todo momento; como os dije, pasados aquellos días de juvenil pasión, apenas volví a recordarla. Imagino que para ella tampoco fui mucho más que uno de esos apetitos que se olvidan, una vez saciados.

—A vuestra hija sí que la veréis...

—Desde luego; pues su marido es asiduo a la

Corte. Tiene una belleza parecida a la de su madre, aunque menos agresiva. Cuando supe que casaba tan magníficamente, revoqué la cláusula testamentaria por la que le otorgaba unas rentas, ya que dejaban de serle necesarias.

Inevitablemente piensa don Gaspar en la fama de cicatero que tiene el rey; sin embargo, como también le constan la cortedad de su peculio y la gran fortuna, en cambio, del condestable, justifica la medida. Don Fernando ha cerrado los ojos, al tiempo que pasa la mano por la frente, en indudable gesto de cansancio.

—Ya vamos llegando al final de la triste historia de mis amoríos, que procuraré abreviar, pues, en realidad, los dos últimos no merecen especial detalle. Como siempre, fueron consecuencia a un tiempo de mis dilatadas ausencias de la Corte y de mi natural concupiscencia. En ambos casos, más que nunca, busqué tan sólo el placer fugaz, la diversión pasajera y la conseguí, fornicando con unas mujeres invariablemente fogosas, que regalaban mis oídos hablándome de amor, aunque tampoco dudé nunca de que sólo les movía el deleite carnal...

—Y quizás, Alteza, la vanidad de ser poseídas precisamente por vos...

—Acaso sí; aunque ellas perjuraban que yo sólo les importaba como hombre y aun pretendían convencerme de que les incomodaba mi condición. ¡Ay, la naturaleza femenina y cuán dada es al halago y la mentira!

—Podían decir verdad.

—Sois muy gentil, don Gaspar; mas, a estas alturas de mi vida, veo con suficiente claridad lo poco que para mí representaron los efímeros amores con aquellas dos mujeres, tan juntos en el tiempo. Una, doña Toda de Larrea, era vizcaína; tenía, de eso sí me acuerdo, las carnes prietas y un temperamento, cómo no, sumamente ardiente. La conocí en Vitoria, esa tierra a la que tanto quiero y que tan bravos soldados nos da. A la otra, la señora de Pereira, me la presentaron poco después, en los campos de Extremadura. Era portuguesa, lo cual me atrajo (ridículo me parece ahora) porque no había tenido experiencia alguna con hembras del reino vecino, con el que a la sazón manteníamos todavía escaramuzas guerreras.

—Debió ocurrir, pues, en el 79... Que en tal año se llegó a la paz, acordada precisamente por dos mujeres, nuestra señora doña Isabel y la duquesa de Braganza...

—Posiblemente, sí. Nuestros ayuntamientos fueron cortos en el tiempo, aunque intensos y placenteros. Y la consecuencia de ambos necios amoríos, otras dos hijas, una con cada dama.

—Os confieso que jamás supe de su existencia.

—Tampoco ellas conocen todavía su origen, que algún día habré de revelarles. Se llaman, las dos, María. Profesaron en religión y viven piadosamente en el convento de agustinas de Santa Clara de Madrigal. Sobre estas hijas, nada conoció doña Isabel, que habrá de perdonar mi superchería desde el cielo...

—Tampoco escuché comentario alguno en la Corte.

—Llevamos el secreto con especial cuidado en las dos ocasiones. Lo cual, por supuesto, no amengua mi culpa ni excusa mi traición...

Calla el rey. El señor de Grizio respeta su silencio unos momentos; por fin, dice con firmeza:

—Mucho os agradezco la confianza con que me habéis retribuido, al confiarme vuestras intimidades. Tened la certeza de que jamás haré uso de ellas; más aún, puedo aseguraros que, en cuanto salga de aquí, las daré por enteramente olvidadas.

—En tal creencia me confié a vos. Y con igual sinceridad os reitero que abomino de mis lujurias con todas las fuerzas de mi ser. Con la serenidad de los cincuenta años ya pasados que ahora cuento, vencidos por la edad los apetitos carnales, reconozco todo lo que tienen de vanidad y de irreflexión y de arrebato efímero; pues en eso quedan, según bien comprendo tardíamente. Que de haber sentido en algún caso la digna punzada del amor, aún cabría al menos hallarles justificación; pero sólo fueron tentaciones del sexo, al que tan esclavizado estuve en mi mocedad e incluso en tiempos ya de madurez...

Se queda mirando fijamente al señor de Grizio; pasa el brazo sobre su hombro, en un gesto de afecto, infrecuente en él, y así caminan juntos unos pasos.

—Por tres veces leí anoche el testamento de la reina, tan pulcramente escrito por vos. Muchos de sus parágrafos me impresionaron, hasta emocionarme. Pero sobre todo hay uno... Ved: tengo abierto el legajo precisamente por esa página.

Ha desasido a don Gaspar, para acercarse a la mesa, pasar el índice sobre los renglones del pergamino, escritos en cuidados caracteres góticos y comentar:

—Cuando la reina ordena aquí que su cuerpo sea trasladado, desde su provisional sepultura en el convento de San Francisco, de Granada, a aquella otra que yo elija a mi muerte, para que reposemos juntos, parece recordarme que, por grandes que fueran mis infidelidades en vida, unidos estaremos para siempre en la eternidad...

—Tal fue, indudablemente, su deseo.

—Pues quiera el Señor que esa unión eterna la consigamos en Su gloria; pero en todo caso, ya nadie podrá evitar que nuestros huesos yazcan, al menos acá en la tierra, en definitiva comunión.

Cierra el legajo lentamente.

—Necesito que mi pueblo sepa lo mucho que amé a mi esposa. Quiero hacerlo constar así, con toda devoción, en un manifiesto que os dictaré para noticia pública de su muerte. Todos mis reinos han de conocer lo que ellos y yo, más aún que ellos, hemos perdido...

—¿Marcho por recado de escribir?

—Todavía no; antes debo cambiar de traje, pues

en cuanto terminemos el dictado habré de publicar la sucesión de mi hija Juana y os consta que, en su testamento, doña Isabel proscribe los lutos y mariagnes. Dejadme ahora y retornad dentro de media hora...

—A vuestras órdenes, señor...

Vuelve a mirar el rey a través del ventanal.

—¡Esta lluvia! Más que amainar, diríase que arrecia por momentos. ¿Creéis que el cortejo habrá podido recorrer al menos dos leguas?

—No es fácil; los caminos deben estar inundados.

—¡Cuán penoso va a resultar el último viaje de la reina por las tierras de su Castilla...! Hasta ahora, don Gaspar.

—Señor...

Se inclina en reverencia antes de salir de la estancia. El rey agita el cordón de la campanilla; al paje que acude presto, le ordena:

—Disponed de inmediato el jubón de seda carmesí, las calzas grises, el manto granate, el gorro de terciopelo y los chapines. Y mandadme al barbero, con igual presteza.

CAPÍTULO TERCERO

AQUÍ SE CUENTA LA RENUNCIA DE DON FERNANDO AL TRONO DE CASTILLA Y LA PROCLAMACIÓN COMO REYES DE SU HIJA JUANA «LA LOCA» Y SU ESPOSO FELIPE «EL HERMOSO» Y LO MUCHO QUE AMARGARON A SU PADRE Y CÓMO LOS NOBLES LE TRAICIONARON Y DE QUÉ MANERA, VIENDO EN PELIGRO LA CORONA, SORPRENDIÓ A TODOS TOMANDO NUEVA MUJER

Sigue cayendo una lluvia fuerte, constante; el agua, densa y sucia, se abate sobre las cristaleras y golpea los ventanales y anega, rojiza, enlodada, las calles de Medina. El campo de Castilla, tan hecho a la sequedad de la solanera, parece que no sepa absorberla y se encharcan los terrones y corren riachuelos por los bancales, y en los pocos árboles que, acá y allá, rompen la triste monotonía del paisaje, se guarecen vencejos y tordos y grajos. De rato en rato, el estrépito de los truenos sucede a la llamarada zigzagueante del relámpago, que pinta fugaces bermellones en un cielo negro, hosco y asustante. Una enorme sensación de soledad domina todo; el silencio sólo se rompe con el estruendo de la tormenta y el batir de las gotas sobre las tierras inundadas.

Apenas tres leguas lleva recorridas la comitiva que acompaña los restos de la reina Isabel hacia su definitivo sepulcro granadino. Prelados y nobles caminan lentamente bajo el aguacero, entonando a media voz salmos funerarios. Los caballos y las mulas del cortejo resbalan en el fango y se atascan en los charcos los carromatos cargados de vituallas para el camino. Pero es preciso seguir a todo trance; se ha cubierto con mantas el sarcófago y un viejo monje desdentado pierde sus sandalias en el barro. El horizonte apenas se divisa, cubierto de negritud. Hay quien piensa que el cielo de Castilla se ha vestido de luto para despedir a su reina.

* * *

Cuando don Gaspar de Grizio, con impecable puntualidad, entra en la cámara real, don Fernando todavía no ha concluido su afeitado. Un paje sujeta el bacín pegado a su cuello, mientras el barbero da las últimas pasadas con la navaja. Hace un gesto el monarca al secretario, indicándole que tome asiento; minutos después, listo el rasurado, seca sus mejillas con una toallita, despide a los servidores y pregunta:

—¿Estáis dispuesto?

—Cuando queráis, señor.

Y comienza a dictar:

—«*La muerte de mi amada esposa, la reina Isabel, es para mí el mayor trabajo que en esta vida me pudiera venir; por lo que en perderla perdí yo y perdieron todos estos reinos; pero viendo que ella murió tan santa y católicamente como vivió, es de esperar que Nuestro Señor la tiene en Su Gloria, que para ella es mejor y más perpetuo reino que los que acá tenía...*»

Además de esta carta, don Fernando dicta otras más, en parecidos términos, que dirige a las primeras autoridades de sus reinos, a varios nobles de su Corte y a algunos prelados. Después dice a don Gaspar:

—Proveed para que salgan en seguida las misivas y que se difunda la que a mi pueblo he escrito. Cuando salgáis, encontraréis en la antecámara a varios caballeros de la Corte que me aguardan; hacedles pasar, que con ellos debo dirigirme de inmediato a la plaza Mayor, para proclamar a mi hija Juana como reina propietaria de Castilla y León.

—¿Con tanta premura, señor? —se extraña el señor de Grizio.

—Con tanta premura, sí; pues en cumplir la voluntad de mi esposa, que bien conocéis por su testamento, no debo demorarme.

—Sin embargo, las últimas noticias acerca de la salud de la archiduquesa...

—Ya previene el testamento semejante circunstancia y por eso ejerceré, al menos temporalmente, como regente y gobernador. Pero la reina es Juana y al interés general conviene que cuanto antes sea como tal reconocida.

—Y su esposo, don Felipe, como rey... —insinúa, con clara intención, don Gaspar.

—En cuanto jure respetar los fueros y libertades de Castilla...

* * *

Se ha levantado un catafalco en el centro de la plaza Mayor de Medina. Junto a él son izados los pendones de doña Juana y don Felipe; el duque de Alba, don Fadrique de Toledo, lleva el estandarte real. Aunque el temporal ha calmado, sigue lloviendo con fuerza. El acto es breve; don Fernando el Católico renuncia al título de rey de Castilla, que durante más de treinta años ostentó, y acepta el cargo de gobernador del reino. Inmediatamente, es proclamada reina propietaria doña Juana y rey consorte su marido, el archiduque Felípe de Austria. Todos los nobles presentes reconocen ambos nombramientos. La asistencia popular es escasa y corto también su entusiasmo. Aún no se han recobrado las gentes del dolor que les causó la muerte de Isabel y, además, quizás intuyen los problemas que se avecinan. Sin embargo, gritan con cierto fervor:

—¡Castilla, Castilla por la reina doña Juana, nuestra Señora...!

La rápida decisión de don Fernando causó no poca extrañeza entre los nobles. Como escribe un cronista de la época, *algunos lo tuvieron a mucho saber y otros, a muy grande bondad suya, y otros, maravillados de ver tal cosa, le reprendieron lo que había hecho.* Firme en su decisión, expidió el ya regente cartas a todas las ciudades y villas del reino, ordenando que se celebraran exequias por doña Isabel y seguidamente se aclamara como reina de Castilla a su hija, doña Juana, en cuyo nombre se ejercitaría en adelante toda jurisdicción y autoridad. Cursó asimismo convocatoria para Cortes Generales, que se celebrarían en la ciudad de Toro y que citaba el propio don Fernando, como *administrador e gobernador*.

El 11 de enero de 1505 se reunieron, y tras leerse las cláusulas del testamento isabelino que afectaban a la sucesión, prelados, grandes y procuradores juraron fidelidad a doña Juana como reina propietaria de Castilla y a don Felipe como consorte. También se prestó juramento en favor de don Fernando en su calidad de legítimo regente y gobernador. Una comisión de nobles salió inmediatamente hacia Flandes, para dar cuenta a los nuevos reyes de lo acordado. Pero además, en aquella misma sesión, las Cortes aprobaron nada menos que 83 leyes, destinadas a regular la sucesión en el Derecho Civil, unificando y actualizando las dispersas normas de las Partidas y del Fuero Real. Talmente parecía que los procuradores desconfiaban de lo que pudiera suceder, respecto de un tema que tanto afectaba a las familias castellanas, cuando ejercieran el poder efectivo una reina desequilibrada y un rey extranjero. Como un último gesto de recuerdo y homenaje a doña Isabel, el acta de los acuerdos adoptados fue firmada por don Fernando y por Gaspar de Grizio, *secretario de la reina, nuestra señora (sic)*.

A partir de este momento, comienzan a desatarse las intrigas y pronto quedan perfilados dos bandos opuestos: el de quienes permanecen fieles a don Fernando y apoyan su regencia y el de aquellos que quieren acelerar la llegada de los nuevos reyes y niegan las prerrogativas del viudo de Isabel. Unos y otros explotarán a su conveniencia el estado mental de doña Juana, presentándola como irremediablemente loca o como curada de sus desvaríos, según convenga a los intereses de cada momento. Lo que desde el principio queda claro es que la alta nobleza se apiña en favor de Juana y Felipe; recortados sus privilegios durante el reinado de los Reyes Católicos, anulado su poder por la monarquía autoritaria que éstos impusieron, esperan conseguir ahora nuevamente sus prebendas y para ello se entregan vergonzosamente al archiduque austríaco, toda vez que la incapacidad de su esposa nadie puede, sensatamente, discutirla.

La conjura contra Fernando la organiza don Juan Manuel, señor de Belmonte, embajador de la Corte de Flandes y muy influyente cerca del rey Felipe. En Castilla, el duque de Nájera impugna los acuerdos de las Cortes de Toro y niega al regente la legitimidad de su título. El marqués de Villena, siguiendo la tradición tortuosa e intrigante de su título, forma en seguida con los antifernandinos, obsesionado por recobrar sus estados realengos, incorporados por Isabel al patrimonio de la Corona. Otros muchos nobles se colocan del lado del rey consorte: el conde de Benavente, el duque de Béjar, el duque de Medinasidonia. Todos aspiran a recuperar sus rentas y mercedes y a devolver a sus señoríos el carácter de pequeños estados que tuvieron hasta que Isabel y Fernando impusieron su soberana autoridad.

Felipe el Hermoso, asesorado por don Juan Manuel, escribe cartas a los levantiscos, en las que, sin el menor disimulo, apela incluso al soborno para estimular su apoyo. Al marqués de Villena le dice, literalmente: *Conocí la buena voluntad que a mi servicio tenéis; espero en Dios remunerarla muy bien.* Al cardenal de Santa Cruz le asegura, también por escrito, *estar dispuesto con buena voluntad para lo que nos requiriereis.* En el mismo tono se comunica con la alta nobleza, que con escasas y dignas excepciones, no duda en enfrentarse a don Fernando. Las corruptas promesas alcanzan también a los dignatarios eclesiásticos; al arzobispo de Santiago, *el Hermoso*, tras agradecerle *su buena disposición*, le anticipa su voluntad *de vos acrecentar a hacer merced.*

Enviado a Castilla para combinar todos los hilos de la trama antifernandina, el señor de Veyre, embajador de Felipe, desarrolla una intensa actividad, poniéndose en contacto con los arzobispos de Toledo, Santiago, Sevilla, Zaragoza y Granada, así como con la mayoría de los obispos, la nobleza e incluso altos cargos de la Administración. La ruindad de muchos de estos personajes se manifiesta en sus cartas y memoriales dirigidos al rey consorte, en los que al tiempo que le ofrecen rendido vasallaje y hacen protestas de ferviente colaboración, solicitan sin ningún rubor las más descaradas contraprestaciones. El mismísimo almirante de Castilla tiene el descaro de pedir los bienes de un vecino de Valladolid, que se encuentra preso por el delito de herejía. Ciertamente, la actitud de los nobles y prelados castellanos resultó del todo bochornosa; hasta el inquisidor general y arzobispo de Sevilla, fray Diego de Deza, abandonó a don Fernando, provocando su famosa y perpleja pregunta:

—Aquel obispo, ¿qué hubo y por qué se fue y qué le hice yo?

Su posición se hacía, pues, insostenible. Impugnando su evidente derecho a gobernar Castilla, el archiduque Felipe, azuzado por su padre, el emperador Maximiliano de Austria, pretendía a toda costa deshacerse de él y se apoyaba en la mendaz nobleza castellana. La reina Juana se encontraba prácticamente secuestrada en Flandes y ante semejante situación, los antiguos partidarios de *la Beltraneja* no descartaban la posibilidad de plantear de nuevo sus derechos dinásticos. El fantasma de otra guerra civil atemorizaba al pueblo. Parecía, en definitiva, que estaban a punto de perderse los feraces logros del reinado de Isabel y Fernando y que podían hacerse estériles hasta las conquistas italianas del Gran Capitán.

Así las cosas, realizó don Fernando un desesperado intento para consolidar sus derechos de regente: por mediación del secretario Lope de Conchillos, consiguió de la reina Juana un documento de su puño y letra, en el que le confirmaba en su cargo, como legítima consecuencia del testamento de doña Isabel, el cual manifestaba asimismo acatar plenamente. Hubiesen terminado con ello las disputas y se hubiera consolidado el derecho del Rey Católico a gobernar en Castilla mientras durase la ausencia de los nuevos reyes. La carta se entregó a un aragonés llamado Miguel de Ferreira para que la trajese a España, junto con otros despachos. Pero el emisario fue interceptado y la misiva llegó a manos de Felipe el Hermoso, quien encarceló a Conchillos, terminando con las esperanzas de su suegro. Además, hizo firmar a su esposa una carta humillante para aquél.

Pues en ella, doña Juana le manifestaba haber mejorado notablemente de su salud, ya que si bien era cierto *que se había apasionado en demasía y no conforme al estado que convenía a su dignidad*, notorio resultaba que *la causa no había sido otra que los celos*, lo cual no podía extrañarle, *si tenía en cuenta que también su madre los había padecido*; pero que no por ello iba a quitar a su marido la confianza que en él había puesto. Los que publicaban que había perdido la razón —seguía diciendo—, no sólo iban contra ella, sino también contra su padre, *pues no falta quien diga que le place, a causa de gobernar nuestros reinos*. E insistía en un punto que, obviamente, mucho tenía que doler a don Fernando: *Y si de aquel mal de los celos había querido Dios sanar a la reina, mi madre, también podrá sanarme a mí*. Terminaba manifestando que *no he de quitar al rey, mi señor, mi marido, la gobernación de los reinos y de todos los del mundo que fueren míos, ni le dexaría de dar todos los poderes que yo tuviese.*

Cabe imaginar la impresión que esa carta produjo a don Fernando. Precisamente cuando a sus gravísimos problemas políticos se unía el dolor, aún vivo, por la pérdida de su esposa y la reacción de culpa que el recuerdo de sus infidelidades le había provocado, su propia hija le echaba en cara que, a causa de ellas, puso en peligro la salud de Isabel, lo mismo que los amoríos de Felipe estaban perturbando la suya. Tanto le afectó, que quiso pensar que la misiva era apócrifa y encargó a su embajador en Flandes que averiguase de qué mañas se habían valido para hacérsela firmar. Incluso le dice *que comunique a doña Juana que yo ninguna cosa deseo en este mundo más que verla a ella en estos sus reinos... y que no solamente quiero y deseo que gobierne estos sus reinos, más los míos; que sabe que todo lo mío quiero yo para ella y que ella es mi heredera y mi descanso.*

De nada sirven todos estos esfuerzos de don Fernando; su hija se halla totalmente entregada a su marido, víctima de una auténtica *locura de amor*. Desde Castilla, el regente no cesa de enviar mensajes a sus embajadores, para que clarifiquen su postura frente a su yerno. Ruega en uno de ellos que le aseguren *que nunca he movido cosa alguna contra él ni tratado de moverla*, y aún más: *que siempre he dicho que si la reina, mi hija, está sana para poder gobernar, que viniendo acá a ella pertenece la gobernación y juntamente con ella, a él; mas que si la reina no está sana para gobernar, en tal caso a mí me pertenece la gobernación*. Reforzando su actitud, solicita la mediación del rey de Inglaterra para que, antes de venir a España Felipe el Hermoso, determine a quién corresponde ejercer el gobierno de los reinos.

Indiferente a todas las argumentaciones de su suegro, decidido a sentarse en el trono de Castilla sin ninguna limitación, Felipe desarrolla una hábil maniobra diplomática para aislar a don Fernando. En abril de 1505 firmar el segundo tratado de Blois con Luis XII de Francia, a quien promete la investidura del ducado de Milán y su apoyo —juntamente con el de su padre, el emperador Maximiliano— para conquistar Nápoles. A su vez, el rey francés se compromete a ayudar al *Hermoso* en el supuesto de que el regente de Castilla ponga dificultades para su efectivo reinado.

La falaz oferta de colaboración con Luis XII para apoderarse de Nápoles, tan gloriosamente conquistado por los ejércitos castellanos del Gran Capitán, lleva consigo una secuela todavía más artera: los intentos de alejar a éste de su fidelidad hacia don Fernando. Eran notorias las muchas diferencias habidas siempre entre ambos; partiendo de la indudable desconfianza que entre sí mantenían, el emperador Maximiliano y su hijo buscan ganarse la voluntad del ilustre soldado, con el pretexto de que, siendo él castellano y habiendo sido la guerra de Nápoles una empresa fundamentalmente de Castilla, al renunciar don Fernando a la Corona, para conservar tan sólo la de Aragón, era lógico —y hasta legítimo— que don Gonzalo no aceptara otra autoridad que la del nuevo monarca consorte, don Felipe de Austria.

De todas estas maniobras tiene puntual conocimiento el Rey Católico, cuyos servicios de información continúan funcionando perfectamente. Comprende la crítica situación en que se halla; a la conjura de su yerno se une, cada día con mayor fuerza, la campaña de desprestigio que en su contra desarrollan en Castilla los nobles traidores, que están consiguiendo que el pueblo le retire su confianza y aun su tradicional cariño, propalando las más inicuas especies. Entre ellas, que ha decidido casarse con *la Beltraneja* y que está entregando los puestos clave del gobierno a conversos, en perjuicio de los castellanos. Y aunque está convencido —y así lo manifiesta en una carta— *del poco amor que mi yerno me tiene a mí y a estos reynos*, realiza un último intento de aproximación, escribiéndole un memorial en el que le reitera que debe viajar cuanto antes a Castilla, con su esposa la reina Juana; pero que si prefieren seguir holgando en Flandes, *envíen acá al príncipe Carlos, mi nieto, para que yo le haga criar acá y sepa la lengua y costumbres y conozca a las gentes y al llegar a la edad marcada en el testamento de su abuela, tenga habilidad para gobernar*.

No le contesta Felipe; en cambio, el emperador, su padre, le dirige una carta anunciándole el próximo viaje de los reyes, *para juntos acordar lo más conveniente a la conservación y aumento de los reinos*. En ella incluye un sorprendente párrafo, en el que alude *al grande amor que el rey de Castilla, mi hijo Felipe, siente por el rey, su suegro*. Posiblemente fue esta misiva —tan hipócrita— la que decidió a don Fernando a dejarse de nuevos ruegos y pasar a la ofensiva. No en vano era tenido por el más astuto de los políticos de su tiempo y su sagacidad y su capacidad de intriga se tomaban por ejemplo en toda Europa. Así que, recuperando su antigua osadía, tomó una decisión sorprendente, que echaría por tierra las maquinaciones montadas en su contra.

Envió a Francia a fray Juan de Enguera, con instrucciones concretas y poderes bastantes para negociar. Con rapidez insólita para la época, sus correos diplomáticos y sus embajadas especiales viajaron de la Corte de Fernando a la de Luis XII en numerosas ocasiones entre mayo de 1515 y octubre del mismo año. Ofrecen nada menos que el matrimonio del rey de Aragón y regente de Castilla con una princesa francesa; acabar con las disputas sobre Nápoles, cediendo ambos monarcas sus derechos en favor de los hijos que nacieran de aquel enlace y un millón de ducados como indemnización, pagaderos en diez años.

La noticia de las negociaciones produjo tan gran estupor en Flandes, que Felipe el Hermoso consideró, incluso, la conveniencia de doblegarse ante su suegro. Pero las presiones de don Juan Manuel le hicieron volver de su primera intención, y para contrarrestar la maniobra, el emperador Maximiliano solicitó la intervención del Pontífice, instándole a que llamara a Roma a los principales representantes del alto clero de Castilla, incluido el cardenal Cisneros. La réplica del Rey Católico fue fulminante: en julio de 1505 establecía un primer acuerdo con Luis XII y al mes siguiente llegaba a la Corte de Blois una misión plenipotenciaria, a cuyo frente figuraba don Juan Silva, conde de Cifuentes, uno de los pocos nobles castellanos que habían permanecido fieles a don Fernando. El 12 de octubre —aniversario de la llegada a las Indias de Cristóbal Colón— se firmaba el tratado definitivo, en la Corte francesa de Blois.

En él se acordaba la boda de don Fernando con la princesa Germana de Foix, sobrina de Luis XII de Francia —y también suya en segundo grado—, hija de Juan Gastón de Estampes, vizconde de Narbona, gobernador de Viena, del Delfinado, y de doña María de Orleans, hermana del rey. Tenía 18 años; 53 acababa de cumplir el Rey Católico.

* * *

Si nunca fue don Fernando amigo de camarillas ni propicio a compartir con otros sus intimidades, desde la muerte de Isabel, su soledad se ha hecho aún mayor. La defección de tantos nobles, que mucho le adularon cuando le temían, le ha convencido aún más —por si no lo estuviera bastante— de la doblez de los humanos. También le ha permitido conocer a los auténticos leales; aquellos (ciertamente pocos) que en estos momentos difíciles no dudaron en permanecer a su lado, contra corriente de la mayoría. Uno de esos fieles ha sido don Gaspar de Grizio, cuya inextinguible devoción por el recuerdo de doña Isabel le hace permanecer invariable junto a quien fuera su muy amado esposo.

Conoce don Fernando la razón de la lealtad del antiguo secretario de la Reina Católica; comprende, por ello, que pueda contrariarle y aun indignarle su decisión de contraer nuevas nupcias. Y quiere comunicárselo personalmente, arrostrando sus más que seguras críticas; las pruebas de fidelidad que de don Gaspar ha recibido en los últimos meses, justifican con creces que asuma ahora el riesgo de una entrevista desagradable.

Al señor de Grizio le sorprende la llamada del rey. Le sorprende y le desazona. Por supuesto que ya conoce sus intenciones, pues su buen amigo, micer Tomás Alfieri, quien como jurista viene interviniendo en las negociaciones con el rey francés, le ha contado —sin salirse nunca de la obligada discreción— las líneas generales del proyecto. ¿Acaso quiere ahora don Fernando justificarse ante él, haciéndole el honor de tenerle por depositario de las últimas voluntades de Isabel? Que apenas diez meses después de morir la reina, su viudo decida casarse de nuevo, es algo que, personalmente, le causa profundo malestar. Aunque ya imagina que poderosas razones de Estado habrán influido en ello. Sin embargo, el pueblo —que tanto amó y aún ama a doña Isabel— difícilmente lo perdonará.

Sin poder disimular su turbación, don Gaspar se inclina ante el rey, que le invita a tomar asiento. Y sin mayores preámbulos, entra en el tema.

—Aunque supongo que habréis tenido noticia, quiero que sepáis por mí mismo que he firmado con el rey de Francia mi compromiso de boda con su sobrina, la señora Germana de Foix.

—En efecto, supe de las negociaciones celebradas.

—El conde de Cifuentes concluyó el acuerdo y casará por poderes, en mi representación. Imagino que vos seréis de los muchos que desaprueban esta boda.

—Yo, señor...

—Vos tuvisteis en muy alta estima a mi señora doña Isabel, que os correspondió con su mejor afecto. Por eso os he mandado llamar; porque, antes que nada, quiero que sepáis que mi amor por ella sigue y seguirá constante en mi corazón. Más aún: jamás hubiese quebrantado mi inconsolable viudez, de no suceder que nuestra hija Juana no puede gobernar los reinos, pues, lamentablemente, sus desvaríos y su sinrazón le incapacitan para ello. Habida cuenta de las ambiciones y nefandos vicios de su esposo don Felipe, ocurriría que, no ya Castilla, sino hasta mi reino de Aragón, hubiesen caído algún día en manos de codiciosos flamencos.

—Ello es cierto; y numerosas veces medité acerca de tan indudable riesgo.

—Por eso, don Gaspar, tras largas cavilaciones y habiendo pedido más que nunca la ayuda de Dios Nuestro Señor, tomé esta decisión. Por el bien, sosiego y paz de nuestros reinos, entiendo que será de mucha conveniencia.

Don Fernando necesita acumular argumentos.

—El rey de Francia, de consuno con mi yerno y su padre, el Rey de Romanos, estaba decidido a encender de nuevo la guerra en los campos de Nápoles, tan trabajosamente conquistados por nosotros, en aquellas victorias que fueron las últimas alegrías terrenales de doña Isabel. Ahora hemos pactado una paz estable, con la natural irritación de nuestros enemigos. Alejamos también las tentaciones belicosas de nuestros vecinos de Portugal, que andaban armándose en las fronteras, Dios sabe con que intenciones, nunca buenas para nuestros reinos. ¿Creéis que el pueblo entenderá tales razones?

—El pueblo sigue recordando a doña Isabel con singular cariño. Mentiría si os dijera que verá con agrado esta boda. Todo lo contrario, señor...

—Cuento con ello; pero el bien gobernar impone el padecimiento de semejantes contrariedades. Los castellanos quizás no me perdonen lo que van a considerar una infidelidad al recuerdo de mi siempre amada esposa; jamás podrán saber cuánto lastimó su fallecimiento mi corazón y cómo seguiré amándola sobre todas las cosas de este mundo...

Se ha afectado el rey; se levanta y da unos pasos por el salón.

—Por contra, los aragoneses —dice tras una larga pausa— habrán de solazarse, pues pensarán que así podrá nacer un príncipe que herede aquel reino, con todas sus pertenencias naturales y adquiridas.

Don Gaspar de Grizio vacila en el comentario; no se atreve a expresar su opinión. Por fin, se decide:

—Mas, señor, ¿habéis meditado en que, de ocurrir así, se rompería la unidad de los reinos, por la que tanto luchasteis vos y doña Isabel?

Las palabras del secretario hacen mella en el rey; tarda en contestar; después, tan sólo dice:

—Dios Nuestro Señor proveerá...

CAPÍTULO CUARTO

De la presencia y porte de doña Germana, la nueva mujer de don Fernando, y de las felonías de su yerno y de las entrevistas que mantuvieron y de cómo fue echado de Castilla el Rey Católico, que marchó a Nápoles casi al tiempo de morir de improviso don Felipe el Hermoso y poco después de haberlo hecho el Gran Almirante de las Indias, don Cristóbal Colón

¿Y qué tal era físicamente aquella joven francesa con la que se casaba don Fernando, tenido ya como *anciano* por los cronistas de la época? (Hoy, cualquier hombre de 53 años se ofendería —con razón— si se le considerara un viejo; situémonos, sin embargo, en el siglo XVI, cuando la vida media de los varones difícilmente alcanzaba los sesenta.) Según fray Prudencio de Sandoval, *poco hermosa, algo coja, gran amiga de holgarse en banquetes, huertas, jardines y fiestas*. Corpulenta, expansiva, mundana, sigue diciendo el mismo historiador que introdujo en Castilla la costumbre —tan francesa— de las comidas opíparas, nada frecuentes hasta entonces en la austera Corte. No puede extrañar, por tanto, que pronto engordase todavía más, hasta hacerse *redonda*, según el bufón Francesillo de Zúñiga, quien contaba, a guisa de chiste, que una noche en que tembló la tierra, doña Germana, asustada, saltó del lecho con tal violencia, que hundió dos entresuelos y mató en su caída a tres cocineros que dormían abajo.

Por supuesto que tan escasos atractivos para nada importaban a don Fernando, tan seguro aún de su fortaleza viril, que, a pesar de todo, tenía la seguridad de engendrar algún heredero. Y cuéntase que el 18 de marzo de 1506 tuvieron lugar las velaciones en la villa de Dueñas, y al siguiente día los cortesanos observaron complacidos que la joven desposada *tenía hinchados los ojos y la expresión satisfecha*, lo cual decía mucho en favor de la capacidad amatoria de su marido, no tan anciano, pues, como pretendían los cronistas. En las aldeas y en los pueblos, las gentes coreaban el antiguo refrán: *reina preñada, reina acatada*. Sin embargo, aún tendrían que esperar casi cuatro años.

Pero volvamos al matrimonio, celebrado por poderes en Blois, el 19 de octubre de 1505. En febrero del siguiente año, doña Germana entraba en la Península acompañada de lujosa comitiva, a cuyo frente iba el fiel conde de Cifuentes. A su paso por las ciudades aragonesas y castellanas, el séquito femenino de la nueva reina despertaba singular expectación, por los atrevidos tocados de sus damas. Muchas se pintaban con bermellón y albayalde y azufraban sus cabellos, para teñirlos de distinto color. Solían llevar descubierta toda la cabeza de las tocas; algunas las arropaban con crespinas de oro o con albanegas de seda, de filetes levantados. Regularmente, las tocas llegaban a la altura de los senos y estaban confeccionadas de cambrays de lino o de seda; en el colmo de la extravagancia, no faltaba quienes se protegían del sol con bonetes, lo que motivaría el escándalo de fray Hernando de Talavera. Todas lucían joyeles en las frentes, arracadas, cercillos, collares y almanacas y gustaban de llevar en el pecho alcandoras labradas, plegadas de distintas formas a corpetes de oro broslados.

Aunque tapaban los descotes con gorgueras de finas randas caladas, los tejidos eran tan sutiles, que permitían transparentar todos sus encantos. Las faldas o briales, de seda, paño y aun brocado, tenían mucha menor longitud que las habituales en Castilla, lo que causó cierto tumulto entre las pudibundas gentes de Castilla. Finalmente, calzaban chapines de corcho y paño, muy altos, labrados o pintados. En definitiva, el aspecto de aquellas damas provocaba gran contraste con las costumbres de la Corte castellana, a la que doña Isabel había dotado de serios modales, desterrando toda frivolidad.

Don Fernando salió hasta Dueñas, a recibir a su nueva esposa y allí se velaron, como ya se dijo, y el 22 de marzo se trasladaron a Valladolid, donde tuvo lugar el matrimonio canónico. Escaso tacto el del rey en la elección del lugar, pues pueblo y nobleza aún recordaban que allí mismo se había celebrado la boda con doña Isabel, treinta y seis años atrás. Quizás para paliar remembranzas, grandes fueron las fiestas y hubo bailes de salón y populares, justas entre caballeros (aunque esta vez no intervino el rey en ellas, como hiciera en ocasión de su primer matrimonio) y numerosas acciones de juglares y trovadores. Por cierto, que un vate, a despecho de la patente realidad, saludó a doña Germana con encendidas estrofas: *Su cabellera, rubia y brillante, difunde ondas celestiales de olor delicioso. El crisólito brilla en su pecho. Levanta la sublime cabeza y la frente serena bajo la cual lucen dos ojos rutilantes como el sol...* La adulación al poderoso es costumbre tan antigua como la Humanidad.

No podía quejarse la nueva reina del recibimiento que se le dispensaba. Se hace difícil, en cambio, adivinar la impresión que pudo causarle su maduro esposo; pero toda mujer de sangre real era consciente en aquel siglo —y aun en varios de los venideros— de que en su destino conyugal sólo se tendrían en cuenta las razones de Estado. El amor, si acaso, podía venir después. Lo cierto fue que doña Germana cumplió a la perfección sus deberes de esposa e incluso consiguió hacer feliz a su marido, al que siempre se mantuvo fiel. A pesar de una leyenda, nunca comprobada y, sin duda, fruto de la mala fe de los historiadores enemigos del rey, según la cual había sido requerida de amores por el vicecanciller de Aragón, Antonio Agustín, a quien por tal motivo hizo prender aquél en el castillo de Simancas. El encarcelamiento es cierto; las causas, muy distintas.

* * *

La reacción de Felipe el Hermoso ante la inesperada boda de su suegro fue inmediata: decidió marchar por fin a Castilla, en compañía de la reina, su mujer. Pero pronto iba a padecer las consecuencias de los pactos de Fernando con Luis XII; quiso efectuar el viaje a través del territorio francés, por naturales razones de distancia y de seguridad, y el monarca galo le denegó su permiso. Hasta finales de 1505 intentó, sin ningún éxito, convencer a su antiguo aliado; finalmente, persuadido de su firme actitud, tuvo que arriesgarse a efectuar la travesía por mar, pese a los altos riesgos que ello comportaba.

Antes, el 24 de noviembre, había dado muestras del cambio de su postura frente a su suegro, accediendo a firmar con él en Salamanca, por mediación de sus representantes, el señor de Veyre y Andrés del Burgo, un acuerdo aparentemente amistoso, en virtud del cual se establecía el gobierno conjunto de Castilla y León por Juana, Felipe y don Fernando, que encabezarían todas las cédulas y disposiciones con las palabras *Los Reyes y la Reina*; tan pronto llegasen los nuevos monarcas, serían jurados en Cortes como tales, pero también se juraría a don Fernando como gobernador perpetuo. Y la provisión de oficios vacantes se efectuaría alternativamente por don Felipe y por su suegro.

El 10 de diciembre, cuando ha desechado ya la posibilidad de doblegar la testaruda actitud de Luis XII de Francia, envía Felipe una carta a don Fernando, que por su habilidad bien podía haber sido escrita por éste. En ella llega a decirle *que deseo tener causa de ser a V. A. tan obediente hijo como sea quien más quiera amar y obedecer a su padre*. Ratifica expresamente los acuerdos de Salamanca y aclara que si va firmada sólo por su nombre, promete *trabajar para enviar la ratificación de la reina, y digo que trabajaré en ello, porque ya sabe V. A. que es menester trabajarlo*. Lo cual confirmaba la incapacidad de Juana, cuya salud seguía empeorando.

Cuarenta naves partieron de los puertos de Zelandia el 8 de enero de 1506; pero una furiosa tempestad les obligó a dispersarse, y tras numerosas averías y graves peligros, consiguieron arribar a las costas de Weymouth, en Inglaterra. Los sobresaltos de esta primera parte del trayecto agudizaron el desequilibrio de Juana, del que no logró recuperarse en los casi cuatro meses que permaneció, con su esposo, como huésped del rey Enrique VII. Cuéntase que, habiendo prendido un fuego en su navío durante la travesía, la reina tomó el dinero que pudo y se vistió de gala, a fin de que, caso de naufragar, su cuerpo fuese reconocido y se le rindieran los debidos honores.

Durante su estancia en Londres, Felipe firmó un tratado comercial con el monarca inglés, muy perjudicial para los intereses de Flandes. Finalmente, a finales de abril, reagrupada la flota, hízose de nuevo a la mar con dirección a Castilla. Mientras tanto, el rey Fernando, que había instalado la Corte en Valladolid, siguió con atención todas las peripecias del viaje de sus hijos, y dice Pedro Mártir de Anglería que lloró de alegría al saber que habían conseguido desembarcar ilesos en Inglaterra. Lo que no imaginaba eran las tretas que le preparaba su yerno, para demorar todo lo posible su encuentro con él y tener tiempo de reunirse antes con los nobles castellanos que le eran adictos. Esperaba que llegase por algún puerto del Cantábrico, posiblemente por el de Laredo, el más seguro y cercano para las embarcaciones que procedían del Norte; pero le sorprendió la noticia de que la flota real había entrado en La Coruña. Desde Burgos, donde se encontraba, tuvo entonces que cambiar su ruta, dirigiéndose hacia Compostela, en la creencia de que los reyes llegarían a Castilla por el Bierzo. En Villafranca, sin embargo, se enteró de que se habían desviado hacia el Sur, para entrar por Orense y Puebla de Sanabria.

Semejantes maniobras permitieron a Felipe reunir una tropa de seis mil soldados, llevados por el marqués de Villena, el duque de Nájera y otros nobles desafectos al regente. Se negó, además, a repatriar a los tres mil infantes alemanes que había traído consigo, a pesar de las indicaciones del embajador Pedro de Ayala. Estaba claro que no tenía intención de cumplir los acuerdos de Salamanca y consideraba papel mojado todas sus protestas de fidelidad y respeto a su suegro. Éste, consciente de la situación, quiso atraer a su bando al consejero de su yerno, don Juan Manuel, sin conseguirlo. Continuaba, además, la desbandada de los nobles castellanos; el marqués de Astorga llega, incluso, a publicar un edicto prohibiendo el paso por sus villas y estados al monarca aragonés. A don Fernando sólo le permanecen leales el duque de Alba y el conde de Cifuentes; desde Granada, donde se encuentran, nada pueden hacer en su favor el conde de Tendilla y el arzobispo Talavera, que tampoco le han abandonado.

A todo trance pretendía Felipe el Hermoso eludir la entrevista con su suegro; con gran empeño quería éste llevarla a efecto. A comienzos de junio, escribe a su embajador en Roma: *Yo continuaré mi camino, hasta topar y me juntar con el rey y la reina, mis hijos, y así lo haré, de manera que no lo puedan estorbar todos cuanto allá lo estorban*. Envía para ello al mismísimo Cisneros con plenos poderes, para que tranquilice al archiduque respecto a que no tratará de separarle de su mujer y procure asentar las bases para un nuevo acuerdo. Fray Francisco alcanza a Felipe en Orense, pero su gestión fracasa. Y algo más grave: el cardenal no regresa junto a su rey, sino que se queda con *el Hermoso*.

Parecía inevitable la ruptura definitiva: en un intento desesperado por recobrar el apoyo de su pueblo, don Fernando lanza un manifiesto en el que acusa a Felipe de tener secuestrada a la reina Juana, lo cual era indudablemente cierto, y reclama sus derechos a gobernar el reino, de conformidad con lo establecido por Isabel la Católica en su testamento. En esta situación, el privado don Juan Manuel, a quien las intrigas de los nobles castellanos que rodeaban al rey comenzaban a preocupar, logra al fin convencer a éste para que se reúna con su suegro. Se elige para celebrar la entrevista la aldea de Remesal, cerca de la Puebla de Sanabria. Salen ambos, respectivamente, de la Puebla y de la aldea de Asturianos, el 20 de junio, acompañados por séquitos muy dispares.

Por fin van a verse cara a cara.

* * *

El día es tibio. Felipe el Hermoso ha acudido con toda su gente de guerra: más de dos mil picas alemanas, un escuadrón de caballería, retaguardia de arqueros y las compañías que se le unieron en Galicia. Monta a caballo, con armadura de combate; le siguen los nobles castellanos que traicionaron a Fernando: el conde de Benavente, el duque de Nájera, el marqués de Villena, el de Astorga. Van también armados; pero vergonzosamente, esconden debajo del vestido la cota, los coseletes y la coraza. No falta Garcilaso de la Vega, que fuera embajador del rey en Roma, ni tampoco Cisneros, serio, impenetrable en su gesto solemne. Los infantes alemanes hacen una descubierta; el resto de la tropa permanece en formación de batalla, hacia la parte de la Puebla de Sanabria.

Don Fernando llega acompañado tan sólo por el

duque de Alba y unos doscientos caballeros, montados en mulas y sin más armas que las de diario. Trae el semblante risueño, en contraste con la gravedad del rostro de su yerno. Se saludan protocolariamente; cuando terminan, los nobles castellanos no pueden reprimir el impulso de acercarse a su antiguo rey y descabalgan y, entre respetuosos y sofocados, van llegando hasta él. Sonriente, don Fernando abraza primero al conde de Benavente, después que éste le ha besado la mano. Nota al contacto de sus cuerpos la armadura que oculta debajo del vestido y le dice, recalcando la frase irónica:

—Mucho habéis engordado, conde...

Y al hacer lo propio con Garcilaso:

—Vos también, querido García...

—Señor —tartamudea el de la Vega—, doy fe a Vuestra Alteza de que todos venimos así.

Cuando llega el duque de Nájera, seguido por todos sus soldados, le comenta:

—Duque, ya veo que no olvidáis lo que debe hacer un buen capitán.

Felipe, que asiste a la ceremonia con visibles muestras de nerviosismo, se le acerca cuando ha terminado el saludo de los nobles.

—Si os parece, Alteza, podemos reunirnos en aquella ermita, donde platicaremos tranquilos...

Les acompañan Cisneros y don Juan Manuel.

—Nosotros no debemos oír la conversación de nuestros amos —dice aquél. Y cerrando la puerta, añade—: Yo haré de portero.

La entrevista fue breve y nada fructífera. No consiguió don Fernando su más vivo deseo: que le permitieran ver a su hija Juana. Se despidieron yerno y suegro con manifiesta frialdad e incluso Felipe le indicó que, siendo su intención partir desde la Puebla a Benavente, eligiera él otro camino, para no embarazarle. Una semana después, los respectivos plenipotenciarios firmaban en Villafáfila una concordia, en la que se establecía la renuncia de don Fernando a la regencia y gobernación de Castilla, aunque se le respetaban las rentas señaladas en el testamento de Isabel y la administración de las Órdenes militares. Y se declaraba expresamente la incapacidad de doña Juana, incluyendo una extraña cláusula por la que, si en alguna ocasión, ella por sí misma o por inducción de otros, quisiese entrometerse en el gobierno de los reinos, tanto don Felipe como don Fernando se obligaban a impedirlo, incluso por la fuerza si necesario fuera. Acuerdo tan sorprendente fue impugnado por don Fernando ante tres testigos —micer Tomás de Malferit, mosén Juan Cabrero y el secretario Pérez de Almazán—, a quienes manifestó en una declaración secreta que la consideraba nula, por haberla firmado contra su voluntad y sólo como medio para salir del aprieto en que se hallaba; que estaba decidido a conseguir la liberación de su hija e incluso a recuperar el gobierno de Castilla.

Sin embargo, el primero de julio publicaba en Tordesillas un largo manifiesto, comunicando al pueblo que libre y voluntariamente había renunciado a sus derechos, en favor de don Felipe y doña Juana. El profesor Manuel Fernández Álvarez comenta las dos actitudes contradictorias que en este tiempo mantiene el Rey Católico, una pública y otra secreta, y opina que estaba siempre dispuesto a hacer prevalecer la segunda sobre la primera, cuando las circunstancias lo permitiesen. Juzga también que no estimó conveniente que su partida de Castilla pudiera interpretarse como una ruptura con sus hijos y a ello atribuye la segunda reunión que mantuvo con su yerno, en Renedo, antes de salir hacia Nápoles, viaje que tenía anteriormente decidido y del que dio cuenta al embajador Francisco de Rojas, en una carta secreta de 13 de junio: *Acuerdo de me ir luego a Nápoles, y desde allí, con lo de mis reinos, trabajaré de servir a Nuestro Señor en la lucha contra los infieles. No lo digáis a nadie, porque nadie lo sabe ni quiero que lo sepa, hasta que me vea allá.*

De la entrevista de Renedo, celebrada después de

comer, en una capilla del templo parroquial, queda la versión escrita por el propio don Fernando: *Lo que allí entre nosotros pasó, en sustancia fue decirle e instruirle yo muy por menudo todo lo que me pareció que él debe hacer para la buena gobernación de estos reinos y para los tener en paz y otras cosas tocantes a nuestros comunes Estados y de nuestros enemigos, de todo como lo debía decir verdadero padre a su verdadero hijo. Sobre lo cual quedamos en mucha conformidad y en tanto amor y tan estrecha unión, que más no puede ser.* Lo que no puede ser —al menos, por lógica interpretación de los hechos anteriores e inmediatos a esta entrevista— es que resultara tan apacible y aun tan didáctica. Indudablemente, don Fernando quiso aparentar una inexistente cordialidad, para disminuir así ante el pueblo el mal efecto de su salida de Castilla y encubrir lo abruptamente que se llevaba a cabo.

Además, tampoco en Renedo consiguió que su yerno le permitiese ver a Juana. De la que su padre diría al embajador Rojas: *Es la más malaventurada mujer que nació; que le valdría más ser mujer de un labrador. Es cosa increíble que en sus propios reinos y sus mismos súbditos la tengan presa y que no halle persona que ose decir o hacer cosa por ella. He rogado por amor de Dios que me traigan cartas suyas, pues su padre soy; no hubo quien osara hacerlo, porque todo el reino está contra ella, cosa nunca oída, ni vista, ni pensada. Los Grandes lo hacen por repartirse la Corona real, los conversos por librarse de la Inquisición, que ya no la hay, y por gobernar.* Si así describía el propio don Fernando la triste situación de su hija; si su lógico cariño de padre le impulsaba a solicitar, cuando menos, verla; si pese a todo, el rey Felipe no se lo permitió, ¿cómo creer que la entrevista de los dos reyes resultara tan apacible y sosegada?

Más normal parece justificar su marcha de Castilla por las razones que dio al embajador Francisco de Rojas en su carta: *Siempre fue mi fin hacer lo que he hecho y posponer mi particular interés por el bien del reino y sostener en paz esta heredad que yo, después de Dios, he hecho con mis manos.*

* * *

En este convulso, difícil año de 1506 va a desaparecer uno de los personajes clave del reinado de los Reyes Católicos: Cristóbal Colón. Su regreso del cuarto viaje a las Indias, enfermo más del espíritu que del cuerpo, despojado de títulos y malvisto en la Corte, coincidió con la muerte de Isabel. Se cerraba así el último portillo a la esperanza para el almirante, que tan sólo confiaba en la protección y constante afecto —tantas veces demostrado— de la soberana de Castilla. Desde Sevilla, donde su enfermedad le retiene, envía a comienzos de 1505 a la Corte de Valladolid a su hermano Bartolomé y a su hijo natural Fernando, *niño en días, pero no ansí en el entendimiento* para que, en unión de su otro hijo Diego, que reside allí, gestionen la ayuda del rey. Pero don Fernando anda demasiado metido en problemas para preocuparse de las cuitas del Descubridor.

Con la primavera, mejora su gota y Colón marcha en mula hasta Segovia, donde ahora se ha instalado la Corte. Washington Irving ha descrito con patetismo este viaje: *El que pocos años antes había entrado en triunfo en Barcelona, acompañado por la nobleza y la caballería, aclamado entusiásticamente por la multitud, llegó a las puertas de Segovia melancólico, solitario y desairado, oprimido más de pasión de ánimo que de años o enfermedades*. Recibido por Fernando, el rey le aseguró que pensaba retribuirle con amplios honores en Castilla; mas nada le prometió acerca de restablecerle en el virreinato y gobierno de las Indias, pues era evidente que su pasada gestión en los territorios descubiertos resultó poco afortunada. De todos modos, aquel año y en los primeros meses del siguiente, se le libraron cantidades de consideración, tanto a su favor como al de sus hijos.

No se contentó con estas ayudas don Cristóbal, que se consideraba acreedor a mayores beneficios, y apenas llegados a Galicia los nuevos reyes, Felipe y Juana, se dirigió a ellos suplicándoles *que me cuenten en la cuenta de su leal vasallo y servidor* y aclarando que, pese a su enfermedad, *les puedo servir aún de servicio que no se haya visto igual*. Visionario hasta el final de sus días, terminaba suplicando *ser vuelto en mi honra y mi estado, como mis escrituras lo prometen*.

No hubo siquiera tiempo para la respuesta, si es que los reyes pensaban darla. Convencido de que su fin era ya inmediato, el 19 de mayo otorgó un codicilo, complementario del testamento que había dictado cuatro años antes. Al día siguiente moría en Valladolid el hombre que dio a Castilla un continente. Contra lo pretendido por los cultivadores de la leyenda antifernandina, no murió pobre; y en ello coinciden muchos autores. Dejó una copiosa librería, acrecentada por su hijo Fernando, hasta hacerla de más de doce mil volúmenes. Mantuvo muchos de sus privilegios y parte de sus rentas. Su hijo Diego se educó en la Corte. Años más tarde, cuando este mismo hijo acudió con sus querellas al rey, contestóle don Fernando recordando *el mal recaudo que vuestro padre se dio como gobernador de las Indias* y cómo su lamentable gestión obligó a darle al comendador Bobadilla *el cargo absoluto para remediarla*. Ciertamente, el talento de don Cristóbal como navegante y, sobre todo, su prodigiosa intuición para adivinar la redondez de la Tierra, a despecho de los criterios de presuntos sabios de la época y de las acusaciones de herejía de frailes obcecados, no se correspondieron con su capacidad como administrador y gobernante de los territorios descubiertos. Hay que reconocer que en tales funciones resultó una calamidad.

A su muerte se le dedicaron exequias solemnes y sus restos fueron inhumados en el convento de San Francisco, en Valladolid, desde donde serían trasladados a la cartuja de Sevilla, en 1512 (1). Don Fernando mandó levantar allí un monumento, con una inscripción mil veces repetida después:

A Castilla y a León
nuevo mundo dio Colón.

* * *

Por los áridos campos de la meseta castellana marcha don Fernando hacia sus tierras de Aragón. La comitiva es bien escasa; el duque de Alba, que quiso acompañarle todo el camino, se despide de él al terminar la primera jornada, convencido por el propio rey de que mejor le servirá permaneciendo en Castilla. Al decirle adiós, no puede por menos de lamentar la traición de tantos otros nobles.

—Como yo allané con la lanza y saqué de tiranía estos reinos con mi persona —comenta don Fernando—, había pensado que después de treinta años de tanta familiaridad y amor, mostrarían más sentimiento de mi partida y del modo de ella; pero lo que falta en ellos, sobra en mi voluntad, que acudirá siempre a todo lo necesario.

Al llegar a los señoríos del marqués de Astorga, y por expresa orden de éste, se le niegan al rey y a su corte alimentos y posada; pero, al menos, esta vez les permiten pasar. Tampoco se les aloja en las tierras del conde de Benavente. Exasperado ante actitud tan villana, uno de los capitanes de la comitiva propone tomar por la fuerza de las armas lo que tan inicuamente se les niega; don Fernando le tranquiliza:

—Más solo, menos conocido y con mayor contradicción venía yo por esta tierra cuando entré a ser

(1) Según Modesto Lafuente, en 1536 fueron llevadas sus cenizas a la isla de Santo Domingo o la Española, y al pasar ésta a los dominios franceses, en 1795, se trasladaron a Cuba, depositándose en la catedral de La Habana.

príncipe de ella y Nuestro Señor quiso que reinásemos sobre estos reinos, para algún servicio suyo...

El cronista Abarca comentará, a propósito de esta frase:

—Parece que con su gran juicio, estaba mirando lo venidero...

El 13 de julio entra en su reino de Aragón, donde le aguardan multitud de nobles y clérigos y soldados, que se incorporan al séquito. Hasta Zaragoza, el recorrido es triunfal; la entrada en la capital aragonesa, apoteósica. La satisfacción del rey no le hace olvidar su inquietud por los problemas que ha dejado en Castilla. A sus más íntimos les hace una confidencia grave:

—Si Dios no lo provee milagrosamente, Castilla se perderá y destruirá sin remedio.

Y aun apostilla así su pesimismo:

—Cumplirse ha lo que dicen: *el año de siete, deja España y vete*.

Tres meses antes de ese año profetizado como fatídico, el 4 de septiembre de 1506, Fernando el Católico embarca en Barcelona, camino de Nápoles, acompañado de su esposa doña Germana y de lucida corte. No existen razones de importancia que justifiquen el viaje, a no ser su deseo de olvidar los últimos sinsabores. En todo caso, asegurarse la fidelidad de don Gonzalo Fernández de Córdoba, limando las diferencias surgidas en su relación con él en los últimos tiempos. Agravadas por las reiteradas negativas del Gran Capitán a presentarse en España, desde donde una y otra vez le reclamó el rey en los últimos meses.

La travesía de las diez galeras que constituían la armada real no fue apacible; varias tormentas les sobresaltaron, pero finalmente, el 30 de aquel mismo mes la escuadra llegaba al puerto de Génova. Grande fue la sorpresa del rey —y no menor su alegría— al encontrarse esperándole a don Gonzalo, que acudía a recibirle acompañado por los muy ilustres prisioneros que había capturado durante las campañas de Nápoles y que ahora le rendían pleitesía.

Pero el gran asombro se lo produciría la noticia que le llegó de España el 6 de octubre, hallándose en Portofino: su yerno Felipe el Hermoso había muerto once días antes. Con la notificación se acompañaban cartas de fray Francisco Jiménez de Cisneros, de varios prelados, de sus nobles leales y aun de algunos que fueron afectos al marido de Juana, incitándole a regresar sin demora, pues tal es también la voluntad de su hija. Don Fernando puso de relieve, en ocasión tan crítica, su extraordinaria sangre fría: exhortó a los comunicantes para que permanecieran fieles al servicio de la reina y de la paz, mandó poderes a Cisneros para que gobernase en su ausencia y le aseguró que, en acabados los negocios que le habían llevado a Italia, dispondría su regreso.

Y sin aparente preocupación, hizo que se cumpliera el programa previsto. Entró en Nápoles triunfalmente el 1 de noviembre; en el puerto le aguardaban veintidós galeras, con más de dos mil tripulantes vestidos de seda. El Rey Católico lucía una ropa de brocado forrada de martas, con mucha pedrería; la reina Germana iba ataviada a la francesa y pasó el puente, bajo un arco triunfal, del brazo de don Gonzalo Fernández de Córdoba, que había regalado a don Fernando un joyel, colocado por éste en su bonete. A los sones del *Te Deum*, cantado por la Capilla de Música, entró bajo palio en la iglesia Mayor, juró las libertades del reino y recibió el homenaje de los cardenales de Borja y Sorrento, de grandes y dignatarios, mientras sonaban trompetas, atambores, chirimías y dulzainas. Caída la tarde, llegó a palacio entre luminarias de hachas y un estallar de pólvoras de artificio.

Mientras, la situación en Castilla era por demás preocupante.

CAPÍTULO QUINTO

Cuando la reina Juana, perdida del todo la razón, hizo desenterrar el cadáver de su esposo y con él emprendió macabra caminata por los campos de Castilla y cómo, en el mientras tanto, don Fernando concluía provechosos negocios de Estado en Nápoles y de las cuentas famosas del Gran Capitán y el regreso triunfal del Rey Católico

La primera preocupación de Felipe el Hermoso, en cuanto logró desembarazarse de su suegro, fue promover la incapacitación de su esposa, para gobernar así sin traba alguna; incluso pretendió alejarla de la Corte y recluirla en un convento. Creía que le iba a ser fácil conseguirlo, por el mal ambiente creado alrededor de la infeliz reina y por ello se apresuró a convocar Cortes en Valladolid, a cuya ciudad llegó, en compañía de doña Juana, que viajaba separada de él, en una hacanea blanca, y vestía de negro, llevando siempre tapado el rostro con el velo. Se alojaron los reyes en palacios distintos y ella se negó a participar en las fiestas públicas que se celebraron, para solemnizar su llegada. Inmediatamente se reunió el rey con los nobles castellanos, a quienes expuso su convencimiento de la demencia de su esposa.

Pero la reacción de los nobles fue muy contraria a la que esperaba. No sólo el almirante, sino incluso el conde de Benavente, se negaron a reconocer la pretendida locura de doña Juana, sin antes celebrar una entrevista con ella. Y como su estado sufría constantes alteraciones, turnando los períodos de irracional excitación con otros de aparente normalidad, quiso el destino que cuando fue visitada por aquellos altos dignatarios, se encontrase tranquila y serena, de modo que departió con ellos sin el menor síntoma de esquizofrenia, contestando razonablemente cuantas preguntas se le hicieron e incluso manifestando algún conocimiento de los problemas del reino.

Buen cuidado tuvieron los complacidos visitantes en difundir su favorable opinión acerca del estado de salud de doña Juana, y como consecuencia de tales informes y del recelo con el que, pese a todo, veían los procuradores al rey extranjero, las Cortes, reunidas el 12 de julio, se negaron a declararla incapaz para gobernar. Todavía más: la juraron como reina de Castilla; a su esposo legítimo, como rey consorte, y al príncipe Carlos, como primogénito y sucesor.

Pese a ello, don Felipe se dio prisa en desposeer de todos sus privilegios, mercedes y cargos a los antiguos servidores de los Reyes Católicos, para distribuirlos entre sus incondicionales, y señaladamente, entre los nobles flamencos. El Alcázar de Segovia, la más famosa fortaleza de Castilla, púsola bajo el mando del privado don Juan Manuel, destituyendo en consecuencia al marqués de Moya, esposo de la que fuera amiga íntima de la reina Isabel, doña Beatriz de Bobadilla. A Charles de Poupet, señor de la Chaulx, le entregó el castillo de Simancas, donde estaba residiendo el infante Fernando, bajo la custodia del Clavero Mayor de Calatrava. Otros varios caballeros llegados de Flandes recibieron prebendas, cargos públicos y posesiones; con lo que se transgredía uno de los más concretos mandatos del testamento de la Reina Católica, que expresamente prohibía darlas a extranjeros.

En su infinita arrogancia osó don Felipe adjudicar a uno de sus tesoreros las rentas de la industria de la seda, de Granada, asignadas por doña Isabel a su esposo, como pensión. Al enterarse el arzobispo Cisneros de tamaño desafuero, se apoderó de la orden y la hizo pedazos, increpando al rey por su injusticia. Con todo ello, el descrédito del esposo de doña Juana crecía por días y era notorio el descontento entre el pueblo. Como pudo comprobarse en ocasión de las medidas tomadas por el monarca contra el inquisidor de Córdoba, Diego Rodríguez Lucero.

Era éste un sujeto fanático, que con el pretexto de defender la pureza de la fe, estaba cometiendo toda clase de crueldades, falseando, incluso los testimonios en las causas del Santo Oficio, para dar así más fácil cumplimiento a sus instintos criminales. Y hasta se atrevió a acusar y perseguir al virtuoso arzobispo de Granada, fray Hernando de Talavera antiguo confesor de doña Isabel. Cansado de soportar sus injusticias y harto de sus atrocidades —llegó a quemar, sin previo juicio, a varios judíos presos—, el pueblo de Córdoba, acaudillado por el joven marqués de Priego, se amotinó contra él e intentó matarle.

Escapó el villano de la furia popular; pero tantas quejas llegaban a la Corte, que el rey don Felipe depuso a Lucero y a todos los inquisidores de Córdoba, nombrando una comisión para que investigara sus crímenes. Pues bien; semejante medida, del todo plausible, que de haber sido tomada años antes por los Reyes Católicos, hubiera merecido la general aprobación, fue considerada como grave ofensa cometida por un monarca extranjero contra una institución netamente popular, como era el Tribunal del Santo Oficio. Se trataba de la más clara demostración del enfrentamiento existente entre el pueblo y el rey consorte.

El cual, sin embargo, continuaba gobernando a su antojo y mantenía cautiva a doña Juana a la sazón embarazada del que iba a ser el último de sus seis hijos. Pues a pesar de tantos desaires, tantas infidelidades y tantas vejaciones como llevaba padecidas desde el primer día de su matrimonio, la reina sentía por su marido una pasión enfermiza, una insuperable obsesión sexual, que la llevaba a desear de continuo el uso del matrimonio. Semejante ninfomanía de su mujer había debilitado físicamente al rey, incapaz de atender tan incansables demandas, máxime habida cuenta de que eran también abundantes sus amoríos extraconyugales. Probablemente en el furor de la desdichada Juana influyera la creencia de que, agotando en su lecho al esposo, haría más difíciles sus adulterios; lo único que consiguió fue destrozar su salud.

Decidió Felipe, a finales de agosto, trasladar la Corte a Burgos; días antes, cabalgando con su esposa y reducido acompañamiento hacia Segovia, se detuvieron en la aldea de Cojeces. Sospechó la reina que pretendía encerrarla en un pequeño castillo que allí había (pues tenía confidencias de que deseaba alejarla de su lado, reduciéndola a prisión) y se negó en rotundo a continuar el viaje.

La noche entera pasó al raso, montada en su caballo, sin hacer caso de súplicas ni de amenazas. Finalmente, al siguiente día, accedió a dejarse llevar hacia Burgos. No dejaba de tener sentido esta actitud de la desventurada; en las grandes ciudades se encontraba más protegida por sus súbditos, mientras que en lugares pequeños, podía fácilmente ser víctima de una maniobra de los nobles flamencos, que sentían por ella un auténtico odio.

En los primeros días de septiembre llegaron los reyes a Burgos, instalándose en la Casa del Cordón, propiedad del condestable don Bernardino de Velasco, casado —según sabemos— con la hija natural de don Fernando, Juana de Aragón. Para evitar que las hermanastras tuvieran ningún contacto, Felipe obligó a la dueña a desalojar su palacio; era una prueba de la cautividad en que mantenía a su esposa, pues pensar en escrúpulos morales resulta ingenuo (1). El día 19 tuvieron lugar en la capital burgalesa —*Caput Castellae*, la denominaban para realzar su importancia— solemnes festejos, celebrando la toma de posesión del castillo por el privado don Juan Manuel, también favorecido por el rey con tan importante merced. Hizo éste mucho ejercicio a caballo y jugó después una partida de pelota durante largo rato; al terminarla, y sin secarse el sudor, bebió con avidez una jarra de agua muy helada.

Al poco rato sintió escalofríos y hubo de meterse en la cama, con subida fiebre. Los médicos flamencos no dieron importancia a su indisposición; sólo uno de ellos, de nombre Marliano, y el castellano Yanguas, físico de Cisneros, diagnosticaron su gravedad. Tenían razón: seis días más tarde moría don Felipe el Hermoso, ante la desesperación de doña Juana. La cual, sin embargo, no derramó una sola lágrima, ni lo haría mientras durasen sus exequias y el posterior y macabro traslado del cadáver. Dicen los cronistas que la reina había gemido tanto cuando, años atrás, tuvo conocimiento en Bruselas de una de las primeras infidelidades de su marido, que agotó para siempre su capacidad de llorar. Ahora, muda, con la mirada puesta en el rostro pálido del muerto, parece ausente de cuanto la rodea...

Circuló en los primeros momentos la especie de que el fallecimiento había sido provocado por un veneno; hipótesis absurda, prontamente desechada. Muy al contrario, el cronista flamenco Antonio de Lalaing destaca el quebranto de la naturaleza del rey por uso excesivo de la vida conyugal, dadas las exigencias constantes de la reina. Tras elogiar los encantos de Juana, refiere que sus celos se *convirtieron en rabia de amores, que es una rabia excesiva e inextinguible... sin que quisiera otra cosa, fuera de estar al lado de su marido y le amaba con un amor tan*

(1) Walter Starkie dice que don Felipe cortejó en esta ocasión a su medio cuñada; pero de ello no existe ninguna constancia documental.

ardentísimo y excesivo, que le parecía que jamás hubiese estado bastante con ella, para su gusto y deseo.

El reinado de Felipe el Hermoso había durado, pues, nada más que un verano. Contaba al morir 28 años y dice Anglería que era de mediana estatura, aunque bien hecho y tenía un rostro agraciado, que justificaba el sobrenombre del *Hermoso* con el que se le designó. Imprudente, arrebatado, vanidoso, muy dado a las mujeres, dilapidó con ellas su fortaleza. Tal fue la causa de su rápida muerte, tras una enfermedad que tampoco estuvo bien tratada por los médicos flamencos que le asistieron. Sucumbió *en un abrir y cerrar de ojos*, según destaca el propio cronista.

* * *

Embalsamado el cadáver al uso de Flandes, la reina, personalmente, le vistió con un rico traje de brocado, forrado de armiños, una gorra con joyel en la cabeza, cruz de piedras sobre el pecho, calzas rojas y borceguíes de Flandes. Colocado sobre el que fuera lecho conyugal y trasladado éste a una sala del palacio, allí estuvo varios días con sus noches, sin que la viuda se separara un solo momento de su lado. De cuando en cuando arreglaba un pliegue del vestido del difunto o cambiaba la posición de los cirios, para que le iluminasen mejor. Ajena, en cambio, a sus obligaciones de gobernación, pese a la gravedad del momento político, sólo se ocupó de firmar las nóminas de los cantores de Flandes, que acompañaban con melodías gregorianas el velatorio.

Varios días se mantuvo la capilla ardiente, por la que desfilaban, entre curiosas y acongojadas, las gentes de Burgos; hasta que el cadáver fue enterrado en la cartuja de Miraflores. Con la razón del todo perdida, doña Juana vagaba como un fantasma por los salones de palacio, sin hablar con nadie y extraña a cuanto le rodeaba. Cisneros pasó jornadas difíciles, teniendo que apaciguar las reyertas de los nobles en largas y tempestuosas sesiones. En una de ellas, hallábanse reunidos los miembros del Consejo de Regencia con el arzobispo desde las cuatro de la tarde y pasaban ya de las doce de la noche, cuando entró un mayordomo y acercándose a él, le recordó en voz baja que, estando dispuesta la cena a base de carne, habría que servirla siendo ya viernes, día de vigilia. Cisneros le respondió con irónica sonrisa:

—Sírvela presto, que sin duda estás confundido, pues no pueden ser más de las once.

Le resultaba imposible al arzobispo despachar con la reina, cuyas reacciones dispares nunca podía prever. Intentaba persuadirla de la necesidad de que firmase documentos urgentes; mas ella le respondía:

—No me cabe ya otra cosa que rezar por el alma de mi marido. Pronto volverá mi padre y él se ocupará de estas mundanas cuestiones.

El mes siguiente de la muerte de Felipe transcurrió entre continuas tensiones. Doña Juana pasaba las horas sentada en su habitación, a oscuras y con la mejilla apoyada en una mano. A ratos tenía explosiones coléricas e insultaba a sus damas de honor, como si quisiera desfogar con ellas todo el odio que sentía por las mujeres. El día de Todos los Santos pareció salir de su letargo y reuniendo a todos sus servidores, les comunicó que deseaba ir al monasterio de Miraflores, para rezar ante la tumba de su esposo, ordenando que después de vísperas y ya de noche, se dispusiera el séquito para acompañarla. Aunque los capellanes de su casa intentaron disuadirla, escapó por una puerta de servicio, en compañía de dos clérigos del séquito. Uno de ellos era un monje cartujo o tan desequilibrado como ella o ansioso de ganarse su voluntad, que durante el camino fue explicándole que era muy posible que su marido resucitara, pues conocía el caso de un príncipe que, después de enterrado, recobró la vida.

Obsesionada con tal idea, apenas llegó al convento hizo que los monjes abriesen el féretro y sacó de él el cuerpo mal embalsamado de don Felipe y se arrodilló a su lado, contemplándolo sin demostrar emoción alguna. Mandó al cabo de un rato que lo enterrasen de nuevo y regresó a Burgos, sin decir palabra en todo el camino. Durante las semanas siguientes continuó encerrada en su mutismo, hasta que, cercana ya la Navidad, llamó a Cisneros y le comunicó que no podía seguir viviendo en la ciudad donde había muerto su marido, rechazando la oferta que en seguida le hizo el arzobispo, de retirarse al castillo de algún noble, ya que su deber de esposa le exigía no abandonar al rey Felipe.

El 20 de diciembre, y también por la noche, salió hacia Miraflores, acompañada del nuncio, varios prelados y clérigos, algunos nobles y las damas de su corte. Ya en el monasterio, dio orden de que se desenterrara el cuerpo de su esposo, pues tenía que llevarlo con ella en un largo viaje. Fueron inútiles los intentos del obispo de Burgos para disuadirla de tan insensato empeño, y aunque le argumentó que sería contrario a los sagrados cánones de la Iglesia y al testamento del propio rey, ella se irritó de tal forma que, temiendo que pudiese abortar —dado lo avanzado de su gestación—, todos optaron por acatar sus deseos.

Abierto el féretro, hizo que los presentes viesen el cadáver, para comprobar su identidad. *No olía a algalia*, escribe el secretario Lope de Conchillos; y Mártir de Anglería comenta que sólo pudo distinguir unos restos imposibles de reconocer. Doña Juana, sin embargo, puso sobre ellos sus manos durante largo rato, mandando después que de nuevo se colocaran en el ataúd y fuera éste cerrado. Se cubrió con tapices de seda y paño de oro y colocado que estuvo sobre un carro fúnebre, del que tiraban cuatro caballos negros, comenzó aquella misma noche el macabro recorrido, que aún hoy constituye una de las páginas más patéticas de la historia.

Abrían marcha los portadores de antorchas, porque la reina exigió que las caminatas se hicieran siempre de noche, *ya que una mujer honesta, después de haber perdido a su marido, que es su sol, debe huir de la luz del día*. Seguía el carromato con el féretro e inmediatamente detrás doña Juana, cubierta con un largo velo negro, en forma de manto, que le llegaba de la cabeza a los pies, sobrepuesto, además, desde los hombros, por un grueso paño también negro. Y a continuación, a pie o a caballo, prelados, clérigos, nobles y servidumbre formaban la triste comitiva, en la que las únicas mujeres eran las damas de la intimidad de la reina. La marcha se realizaba muy lentamente, en dirección a Valladolid; tres días tardaron en llegar a Torquemada.

En los pueblos que iban cruzando se detenía el cortejo y se celebraban funerales; pero doña Juana no permitía que entrase en el templo ninguna mujer. *La queman los mismos celos* —escribió fray Hernando de Talavera— *que la atormentaban cuando vivía su marido*. Tanto era así, que en una de las etapas fue colocado el catafalco para rezar las exequias en la capilla de un convento que se creía de frailes; mas como resultara serlo de monjas, la reina hizo que inmediatamente sacaran del templo el féretro y se llevase al campo libre. Allí, el séquito hubo de sufrir durante toda la noche los rigores del frío, sin otra luz que el pálido reflejo de la luna, pues el viento apagaba las teas y los hachones.

Durante la estancia en Torquemada, doña Isabel dio a luz una niña, que el arzobispo Cisneros —que se había incorporado a la siniestra procesión— bautizó con el nombre de Catalina: era el 14 de enero de 1507. Descansó bastantes días en la villa, y apenas recuperó sus fuerzas, hizo que continuase la marcha, siempre en jornadas nocturnas. Durante las paradas en campo abierto solía ordenar que se destapara el ataúd, para convencerse de que seguía allí el cadáver y pasaba mucho tiempo contemplándolo y aun acariciando con sus manos los restos en descomposición. Semejantes pruebas de locura excitaban los nervios de los acompañantes; tan tensa era la situación, que enzarzados en agria disputa el condestable y el duque de Nájera, a punto estuvieron de desafiarse en duelo, en presencia de la misma reina.

Llegó la comitiva, días más tarde, a una bonita aldea rodeada de árboles, llamada Hornillos. Satisfizo grandemente el lugar a doña Juana y ordenó acampar en él, para permanecer una temporada. De nada sirvieron las pláticas de Cisneros, intentando convencerla para que siguieran hasta Palencia, donde serían mejor alojados; contestaba la pobre loca que no era digno de una viuda pasar sus horas en ciudades grandes y estancias lujosas. Así que se instaló en una casa rústica y gran parte del séquito tuvo que construirse unas cabañas y vivir en ellas.

A comienzos de julio, supo Cisneros que el rey don Fernando había salido de Nápoles y pronto llegaría a Castilla. Marchó entonces a Valladolid, regularmente confortado porque doña Juana, al conocer la noticia, mostró mucho gozo y hablando con aparente normalidad hizo grandes elogios de su padre y hasta afirmó que con su venida podrían resolverse las cuitas del reino. Decidió asimismo la reina seguir camino hacia la aldea burgalesa de Tórtoles, para encontrarse allí con él. Levantóse, pues, el improvisado campamento y de nuevo echó a andar el cortejo fúnebre. Ya en la villa, quiso la fatalidad que se prendiera un fuego en la capilla donde había sido depositado el ataúd; tanto se alteró doña Juana, que desde entonces dispuso que el cadáver se guardase siempre en sus propias habitaciones, para tenerlo bajo su personal custodia.

* * *

El abandono por parte de la reina de los negocios de Estado había propiciado en Castilla un riesgo inminente de anarquía. Ante lo arduo de la situación, se reconciliaron temporalmente los dos bandos nobiliarios hasta entonces hostiles, los del condestable de Castilla y el duque de Nájera y juntamente con Cisneros, constituyeron un triunvirato que se hizo cargo, provisionalmente, de la regencia, en colaboración de otros nobles. No por ello terminaron las intrigas; los flamencos pretendían secuestrar al infante Fernando, de tres años, que se encontraba en Simancas, al cuidado de don Pedro Núñez de Guzmán, con intención de enfrentarle en la sucesión al Rey Católico, dada la ausencia del primogénito Carlos. La maniobra pudo ser abortada y el niño, trasladado a Valladolid, quedó debidamente custodiado.

También quisieron los antifernandinos hacer venir desde Flandes al príncipe Carlos, heredero natural de la Corona; pero la actitud de Andrés del Burgo, embajador de Maximiliano, lo impidió. Entre tanta maquinación, algunos nobles se aprovechaban del desgobierno, para aumentar sus territorios; y la marquesa de Moya, dando pruebas de su conocido arrojo, recuperaba por las armas el Alcázar de Segovia, del que don Felipe la había injustamente desposeído. La situación política se agravaba, además, con la crisis económica por las malas cosechas de cereales, que encarecieron grandemente el precio del pan. Y en el colmo de las desgracias, la peste causaba estragos en Castilla y en Andalucía.

En tan dramáticas circunstancias, resultó decisiva la energía de fray Francisco Jiménez de Cisneros. No sólo atendió en cuanto pudo a doña Juana, sino que defendió con tesón los derechos del rey. Creó un cuerpo de quinientos infantes y doscientos caballeros, además de unas compañías de guardias para la protección de la reina, invirtiendo en ello parte del préstamo que anteriormente había hecho a don Felipe el Hermoso; consiguió establecer una tregua con los levantiscos nobles y, sobre todo, se mantuvo en constante contacto con don Fernando, quien montó en Italia un servicio regular de postas. Así pudo escribir diferentes cartas a los nobles que se le enfrentaban, y con su conocido tacto y conocimiento de las flaquezas de los hombres, terminó atrayéndolos nuevamente a todos, con la excepción del duque de Nájera y del antiguo privado de su yerno, don Juan Manuel, que tendría que acabar saliendo de Castilla.

De este modo, el astuto Rey Católico lograba desbaratar la conjura, después de dejar que se llegase a una situación límite. Había conseguido, sobre todo, que el pueblo deseara fervientemente su regreso, como única solución para tanto problema. No sólo no había descuidado en su ausencia los negocios de Castilla, sino que, ladinamente, dejó que los nobles se destrozasen entre sí. Y consciente del favor que le debía a Cisneros, por su lealtad y buen gobierno, logró del Papa su designación como cardenal y el título de inquisidor general.

Con ello resuelto, decidió volver. Ahora, todo estaba a su favor.

* * *

¿En qué había ocupado don Fernando los meses transcurridos desde que, acabando septiembre de 1506, desembarcara en Génova hasta que, el 11 de julio del siguiente año, la escuadra que le devolvía a su patria avistara el puerto de Cadaqués? Fundamentalmente, en consolidar su reinado en Nápoles, más que por vía de conquista —que tal era su origen—, mediante sabias y muy hábiles medidas políticas. Así, cuando solicita del Papa Julio II su investidura, lo hace no como vencedor en la guerra, sino en su calidad de legítimo descendiente de Alfonso V el Magnánimo, indiscutido rey de Nápoles.

Este afán por borrar recuerdos bélicos, por gloriosos que hubiesen sido, le aconseja devolver a los barones angevinos los bienes que el Gran Capitán les había incautado y repartido después entre sus compañeros de armas; naturalmente, tiene que compensar a éstos con otras mercedes y privilegios, que les promete entregar cuando vuelvan a España. Con lo cual, justifica su pronto regreso, en una tarea de desmilitarización, que lleva consigo la marginación de don Gonzalo Fernández de Córdoba, hasta entonces omnímodo dueño de Nápoles. En lo sucesivo, éste será gobernado por un virrey —su sobrino don Juan de Aragón—, asesorado por un consejo de nobles napolitanos, y en estrecha relación con el virrey de Sicilia y el embajador aragonés en Roma. Tan equilibrada fórmula permitió que el sistema funcionara eficazmente durante dos siglos.

Pero volvamos al momento de la triunfal entrada del Rey Católico en la ciudad de Nápoles. Se alojó, con su esposa doña Germana, en el impresionante *Castel Novo*, cuya fachada oriental se abre sobre la maravillosa bahía, con el majestuoso Vesubio como fondo. Allí desarrolló una intensa labor diplomática, entrevistándose con nobles italianos de todos los reinos, altos dignatarios de la Iglesia, enviados pontificios y oficiales del ejército del Gran Capitán, de cuya pasada conducta tuvo así ocasión de enterarse con detalle. Por su parte, la reina —cuya gracia y don de gentes eran indudables— supo atraerse la simpatía de las principales damas napolitanas. Por ellas conoció también —Italia, maestra en las ciencias del amor, a través de los siglos— la existencia de pócimas y brebajes de bien probada eficacia como estimulantes del deseo carnal de los varones en edad crecida. Y por supuesto que los utilizó con su esposo, siempre anhelante por recuperar su antiguo y bien ganado prestigio en el tálamo.

Si el talento diplomático de don Fernando hizo que sus relaciones con el Papa se estrecharan con fuerza, en su conducta con Gonzalo Fernández de Córdoba actuó con especial astucia. Notorias eran las diferencias de carácter y genio entre ambos personajes: reservado, suspicaz, frío y calculador el monarca, y por el contrario, extravertido, generoso y espontáneo el militar andaluz. Cumplida noticia tenía aquél de las ofertas hechas a éste por su consuegro, el emperador Maximiliano, para que aceptara el mando de sus ejércitos en Italia; como de que el Pontífice le había ofrecido cincuenta mil ducados por convertirse en gonfalonero y capitán de la Iglesia. Para contrarrestar semejantes tentaciones, prometióle por su parte el Maestrazgo de la Orden de Santiago, además de prodigar con él toda clase de atenciones y concederle el ducado de Sessa y solicitar de continuo su consejo respecto de todos los asuntos de Nápoles (aunque, por supuesto, decidiera siempre al final conforme a sus personales criterios).

Pero muchos y poderosos eran los enemigos de Gonzalo y grandes los rencores y las envidias que contra él guardaban sus antiguos vencidos en los campos de batalla e incluso algunos de sus compañeros de armas. Así que llegaron hasta el rey concretas acusaciones en cuanto a la prodigalidad con que había dilapidado los caudales públicos y apremiantes peticiones para que se le exigiera rendir exactas cuentas de sus gastos. Llegamos con esto a los siempre fascinantes terrenos de la leyenda; pues de las famosas *cuentas del Gran Capitán* no hay la menor constancia documental. Modesto Lafuente reconoce haber investigado en el archivo del conde de Altamira, donde se dijo que obraban los originales, sin encontrarlos. Tampoco existen, sigue diciendo el escrupuloso historiador, en el Archivo de Simancas, contra lo afirmado, con evidente ligereza, por algunos autores.

Forzoso resulta, por consiguiente, reconocer que la anécdota de tan sonadas cuentas no es más que invención y fantasía. Tan sugestiva, sin embargo, que merece la pena recoger la deliciosa patraña, según la cual ordenó el rey a Fernández de Córdoba que detallase, partida por partida, las inversiones hechas durante la campaña de Nápoles; sin la menor turbación e incluso aparentando sentirse hondamente afectado por semejante prueba de desconfianza, respondió don Gonzalo que a la mañana siguiente tendría sumo placer en presentar sus cuentas. Y en efecto, compareció ante don Fernando y sus acusadores con un voluminoso libro y comenzó a leer:

«Doscientos mil setecientos treinta y seis ducados y nueve reales, en frailes, monjas y pobres, para que rogasen a Dios por la prosperidad de las armas españolas.

»Cien millones en picos, palas y azadones, para enterrar a los muertos.

»Cien mil ducados en pólvora y balas.

»Diez mil ducados en guantes perfumados para preservar a las tropas del mal olor de los cadáveres de los enemigos tendidos en el campo de batalla.

»Ciento setenta mil ducados en poner y renovar campanas destruidas con el uso continuo de repicar todos los días por nuevas victorias conseguidas.

»Cincuenta mil ducados en aguardiente para las tropas, un día de combate.

»Millón y medio de ídem para mantener prisioneros y heridos.

»Un millón en misas de gracias y Tedeums al Todopoderoso.

»Tres millones en sufragios por los muertos.

»Setecientos mil cuatrocientos noventa y cuatro ducados en espías.

»Y cien millones por mi paciencia en escuchar ayer que el Rey pedía cuentas a quien le ha regalado un reino.»

Ciertamente, ni el rey hubiese tolerado la burla, en presencia de tantos testigos, ni don Gonzalo hubiera tenido la osadía de hacerla. Así que celebremos el ingenio de quien inventó la fábula y regresemos a la verdad histórica, cuando don Fernando y doña Germana abandonan Nápoles y bordeando la costa del Tirreno se dirigen a Savona, donde les espera Luis XII de Francia.

* * *

El Gran Capitán —y esto sí que es cierto— permanece algunos días más en la ciudad, saldando cuentas personales, que muchas había contraído;

para ello tiene que sacrificar parte de sus estados. En paz con sus acreedores, se incorpora a la comitiva regia y es despedido en el muelle, con entusiasmo y tristeza a la vez, por multitud de nobles, caballeros y, sobre todo, damas que admiraron su valor y gallardía y gozaron, al tiempo, de sus galanteos.

El rey Luis ha recibido al Católico con brillante séquito y efusivas muestras de cariño. Tan luego desembarcaron los monarcas aragoneses, colocó a la grupa de su caballo a su sobrina doña Germana, mientras los caballeros franceses hacían lo propio con las damas de la reina. Ya en palacio, confraternizaron con extrema cordialidad los mismos que, pocos años antes, habían sido encarnizados enemigos en los campos de batalla; y en el banquete ofrecido días después, el monarca francés hizo que se sentase en su mesa el Gran Capitán, que solazó a todos evocando con brillantez sus pasadas victorias guerreras. Uno de los más entusiastas era, precisamente, el marqués de Mantua, a quien derrotara en Garellano. Muy complacido por la narración de don Gonzalo, Luis XII quitóse del cuello una cadena de oro que llevaba y se la puso con su propia mano en el suyo, como prueba de afecto y admiración. Para Fernández de Córdoba, aquel día supuso el cenit de su gloria; a partir de entonces, entraría en un triste ocaso.

Pero, naturalmente, no sólo hubo fiestas durante la estancia de los reyes en Savona. Concluyó don Fernando con Luis de Francia los acuerdos previos para la constitución de la Liga de Cambray, a la que tendrían que incorporarse más tarde el Papa y el emperador Maximiliano para, todos juntos, caer contra Venecia. Cumplido el fin primordial de la visita, la escuadra real se hizo a la mar; el 11 de julio avistaba Cadaqués y, costeando tierras catalanas, se dirigió a Valencia. Pasó allí el rey varios días y allí dejó a su esposa doña Germana en funciones de lugarteniente general del reino.

Y él partió hacia Castilla. En aquellos momentos

le importaba mucho más recuperar las funciones de regente que sentarse de nuevo en su trono de Aragón; de su recuerdo no se habían borrado las tristes circunstancias de su humillante marcha, cuando hasta el pan y la sal le fueron negados por los nobles venidos a la causa de su yerno, don Felipe.

Ahora, aquellos mismos nobles iban a recibirle con fervorosas muestras de entusiasmo y, rindiendo la rodilla, le prestarían sumisión.

* * *

Hace el viaje por los montes de Teruel, para salir a Daroca y Calatayud; ascendiendo después por el curso del río Jalón, tras pasar por Cetina y Ariza, últimos pueblos aragoneses, entra el 21 de agosto en el primero de Castilla: Monteagudo. La acogida popular es calurosa; sin apenas detenerse, continúa por Burgo de Osma, Aranda y Roa, hasta Villovela, aldea cerca de la de Hornillos, donde aguarda doña Juana el aviso para ponerse en camino. El rey ansía ver a su hija; aviva, pues, la marcha, para llegar cuanto antes a Tórtoles, junto al río Esgueva, donde tendrá lugar el encuentro. Hacia allí ha ido ya la reina, acompañada por Cisneros y un corto séquito y sin separarse ni un instante del carro que transporta los restos de Felipe.

La entrevista, después de tantos años de separación, resulta emocionante. Doña Juana se echa a los pies de su padre, con ademán de besárselos; pero don Fernando, para evitarlo, se humilla tanto que llega a hincar la rodilla en tierra. Fundidos en un abrazo permanecen largo rato, ante la conmovida mirada de todos los presentes. Impresiona al rey el aspecto físico de su hija, con el negro vestido desaliñado, los ojos extraviados, el rostro extremadamente pálido. Ella, con inesperada lucidez, le ruega que se haga cargo de la regencia de Castilla. Y aun se lo agradece.

—Pues bien sé, mi padre y señor, que es de mucho mérito que abandonéis vuestros propios reinos, ya a seguro, para asumir el gobierno de los ajenos, perturbados y quebrantados.

Sorprende a los asistentes semejante muestra de cordura; incluso algunos llegan a pensar que el gozo del reencuentro ha podido mejorar a doña Juana. Pero las ilusiones pronto se desvanecen; cuando se decide trasladar de allí la Corte a la pequeña villa de Santa María del Campo, cercana a Burgos, la reina se niega a hacer el camino de día y, firme en su obsesión, viajará por la noche, en compañía de la fúnebre cuádriga; el rey no se atreve a contradecir a la desventurada. Que tampoco acepta estar presente en el solemne acto de la imposición a Cisneros del capelo cardenalicio, por lo que la ceremonia ha de tener lugar en Mamud, un lugar próximo a Santa María del Campo. Allí se ofician asimismo funerales por el alma de don Felipe el Hermoso, al cumplirse el primer aniversario de su fallecimiento.

Negóse también a trasladarse a Burgos, con su padre. Tras permanecer en Santa María del Campo una temporada, cambió de nuevo su residencia, marchando a Arcos, un pueblo chiquito, inhóspito y frío, al que arribó después de efectuar las habituales marchas nocturnas con el ataúd; su séquito se había reducido grandemente, aunque ahora le acompañaban sus dos hijos nacidos en España, el infante Fernando y la pequeña Catalina. Don Fernando la visitaba con frecuencia; en febrero llevó con él a su esposa, para que la conociera. Doña Germana permaneció algunos días haciéndole compañía y Juana se mostró siempre sumamente cariñosa con ella.

Más de un año estuvo en Arcos doña Juana, con la razón definitivamente perdida. En marzo de 1509, el rey, a su regreso de Andalucía, logró convencerla para que se instalase en Tordesillas. Nuevamente el macabro cortejo recorrió de noche las tierras de Castilla y quedó la reina aposentada en el palacio que para ella se había acondicionado. Accedió por fin a que se enterrara el féretro donde reposaba su marido en el convento de Santa Clara y se alzó en la iglesia un túmulo que podía ver desde un ventanal de su habitación, frente al que pasaba las horas, otra vez encerrada en un desesperante silencio. Apenas volvería a salir de allí, en los 45 años que aún le restaban de vida.

Pues —ironías del destino— la desdichada loca moriría cumplidos los 75, edad entonces desusada, por lo longeva. Su reclusión iba a durar casi tanto como el reinado de su nieto, el emperador Carlos I de España y V de Alemania. Dejó en el pueblo un penoso recuerdo, henchido de piedad. Y cuando de ella se hablaba, los viejos contaban a los niños que, al desembarcar Felipe el Hermoso en Galicia, una gitana, mirándole con fijeza, profetizó:

—Id, infeliz príncipe, que poco seréis con nosotros y andaréis llevado por Castilla más después de muerto que de vivo.

CAPÍTULO SEXTO

VUELVE A GUERREAR EL REY Y DEJA, POR FIN, ENCINTA A DOÑA GERMANA, AUNQUE LA CRIATURA MUERE RECIÉN NACIDA, Y POR ENTONCES LAS DOS MARÍAS, HIJAS NATURALES DE DON FERNANDO, CONOCEN SU REGIO ORIGEN EN EL CONVENTO DONDE HAN PROFESADO Y SE RETIRA AMARGADO EL GRAN CAPITÁN, MIENTRAS EL EXTRAÑO CONDE PEDRO NAVARRO, TENIDO POR SU SUCESOR EN LOS EJÉRCITOS, CONQUISTA ORÁN Y LLEGA HASTA TRÍPOLI

El Rey Católico había vuelto a Castilla dispuesto a imponer su autoridad con energía, pero también con clemencia. Pocos nobles le restaban hostiles, aunque esos pocos eran poderosos y tenaces. A la mayoría, con todo, su regreso les aconsejó dejarse de rebeldías, pues eran conscientes de su rigor. La actitud de quienes en seguida se le sometieron queda reflejada en la respuesta que le dio uno de ellos, al que don Fernando comentó:

—¿Quién hubiera podido pensar que tan fácilmente abandonarais a vuestro antiguo señor, por otro tan joven e inexperto?

—¿Y quién hubiese podido creer —le contestó el ya sumiso— que mi antiguo señor pudiera sobrevivir al joven?

La nobleza castellana era así de descarada, voluble y acomodaticia al poder. Sin embargo, el duque de Nájera —a quien entregó su castillo de Burgos el privado don Juan Manuel antes de regresar prudentemente a los Países Bajos apenas supo de la llegada del Rey Católico— mantenía su sedición. Pedro Navarro tardó poco en acabar con ella, tomando la fortaleza con el ejército real. Continuó las operaciones militares, ya en tierras del señorío ducal y el de Nájera optó por ceder en su oposición, rindiendo todos sus castillos. Pacificadas también Vizcaya y el señorío de Molina, don Fernando se trasladó personalmente a Andalucía, donde la hostilidad de los magnates seguía manifestándose con fuerza.

El cabecilla de la insurrección era el marqués de Priego, señor de la Casa de Aguilar y sobrino de Gonzalo Fernández de Córdoba, a quien apoyaban el conde de Cabra y otros nobles. Previamente a intervenir en persona, envió el rey al alcalde de su casa y Corte, Hernán Gómez de la Herrera, para que le persuadiera de rectificar su postura; pero el marqués le hizo prender, encerrándolo en los calabozos del castillo de Montilla. Ante semejante desafío, don Fernando se puso en marcha hacia Córdoba, con un selecto ejército de seiscientos hombres de armas, cuatrocientos jinetes, tres mil peones a la suiza, espingarderos, artilleros, lanceros y ballesteros.

No fue preciso combatir. Aconsejado por su tío, el marqués de Priego se entregó; salvó así la vida, pero tuvo que padecer graves castigos. De nada sirvió el memorial que el Gran Capitán envió al rey, acompañándole la relación de todas las plazas y bienes de su sobrino y donde le decía: *Ved aquí, señor, el fruto de los servicios de nuestros abuelos; éste es el precio de sangre de aquellos que han muerto; que no nos atrevemos a rogaros que contéis por equivalencia alguna los servicios de los vivos*. Pese a todo, se impuso al marqués una multa de veinte millones de maravedís, valoración hecha por el Consejo Real de los gastos ocasionados en la formación y desplazamiento de la tropa; fueron incautadas sus fortalezas y arrasada la de Montilla y se le condenó al destierro vitalicio de Córdoba y, durante diez años, de Andalucía. Aunque todavía pudo considerarse bien librado, pues varios de sus compañeros rebeldes fueron ajusticiados y a otros se les demolieron las casas y algunos fueron, incluso, cruelmente torturados. El comentario de su tío don Gonzalo revelaba cuán decaído andaba en la gracia del rey.

—Bastante crimen tenía el marqués con ser pariente mío...

Decidido a ejemplarizar definitivamente a quienes todavía dudasen de su autoridad, ordenó don Fernando a todos los alcaides de las fortalezas de la Casa de Medina-Sidonia que las entregasen a sus enviados. Sólo se negó el de la villa de Niebla, que tuvo que ser tomada al asalto por las tropas del rey y cuyos principales varones murieron colgados de las más altas almenas de las murallas de la ciudad. El escarmiento, como no podía menos de ocurrir, llevó consigo la pacificación total de Andalucía; en diciembre de 1508, el rey se aprestó a retornar a Castilla.

Más hete aquí que su regreso a la actividad guerrera, después de tan largo período de descanso, debió devolverle impulsos juveniles de todo signo; pues además de someter a los nobles andaluces y demostrar que de nuevo gobernaba en sus reinos con la energía y autoridad de siempre, dejó embarazada a su joven esposa, que le había acompañado en la expedición por propio deseo y, según las trazas, con indiscutible acierto. Las aguas de Andalucía ejercieron sobre don Fernando mejores efectos que los brebajes afrodisíacos de Nápoles y a los 56 años se disponía a ser nuevamente padre.

* * *

Las pendencias del Rey Católico con el marqués de Priego llevan consigo la definitiva ruptura del soberano con don Gonzalo Fernández de Córdoba. Por supuesto que no hubo violencia oficial; pero el ilustre militar quedó totalmente relegado en la Corte, cumpliéndose la profecía del anciano conde de Ureña, quien, al verle desfilar por las calles de Burgos, en ocasión de su regreso de Nápoles, suntuosamente uniformado y entre el frenesí de la muchedumbre, comentó:

—Esta nave tan pomposa necesita de mucho fondo; presto encallará en algún bajío.

La ocasión —que no la causa— para la definitiva caída en desgracia del hombre que había asombrado a Europa con sus revolucionarias tácticas militares fue la relatada dureza del rey con su sobrino. Estaba, además, muy dolido don Gonzalo por haber incumplido aquél su promesa de nombrarlo administrador de la Orden de Santiago. Por todo ello, pidió al monarca que le diera licencia para, retirándose de la vida castrense, marchar a vivir a Loja. Ni que decir tiene que le fue concedida sin demora; más aún, don Fernando le cedió la ciudad de por vida y aun le propuso otorgarle el derecho a que sus descendientes la recibieran en propiedad, como compensación por el nunca concedido Maestrazgo de Santiago. Saltó el conocido orgullo del Gran Capitán:

—Jamás trocaría, señor —repuso—, el título de Santiago que me otorgó vuestra palabra de rey, por la ciudad de Loja. Pues aunque, notoriamente, aquél no he de recibirlo, me quedará al menos el derecho a quejarme y eso vale para mí mucho más que una ciudad.

No quiso dar importancia don Fernando a la reacción soberbia de quien tanto le había servido y marchó don Gonzalo, sin mayor problema, a la villa andaluza, donde pasaría los últimos seis años de su vida. Pero antes de despedir a sus tropas, consciente de que muchos de sus soldados llegaron hasta él haciendo sacrificios pecuniarios, que tal era su prestigio y el honor que suponía estar a sus órdenes, decidió indemnizarlos, destinando para ello cien mil ducados de su peculio personal. Suma muy considerable, que pareció excesiva a su administrador, cuyas protestas acalló diciéndole:

—No cierres jamás la mano, pues no hay mejor manera de gozar de los bienes que darlos a los demás.

Y parte a encerrarse en su retiro y pronto convierte su casa de Loja en una pequeña corte, a la que acuden los más nobles señores y, con asiduidad, quien fuera su maestro en la carrera de las armas, el ya viejo conde de Tendilla. Da recepciones, fiestas, torneos y pasos de armas; se cartea con preclaros personajes europeos. Dedícase también al cultivo de sus tierras y las administra con la prudencia que tanto le había faltado en sus años de gobernador de Nápoles. A verle acuden personas de todos los reinos, jóvenes especialmente, atraídos por su fama, y a todos impresiona con su noble presencia, de forma que salen de allí opinando —según narra Mártir de Anglería— que seguía siendo tan grande como cuando, al frente de sus ejércitos, daba leyes a Italia.

En esta última etapa de su vida, Gonzalo hace examen de conciencia y confiesa a sus familiares que sólo tiene que arrepentirse de tres cosas. La primera, haber faltado a su palabra, cuando quebrantó la promesa hecha en Tarento al duque de Calabria y le envió cautivo a España. La otra es similar: prometió también protección a César Borgia, y sin embargo, le puso preso. Eugenio d'Ors comenta al respecto: *cabía aquí la excusa de que tal para cual.* Pero, ¿cuál sería la tercera cosa de la que tuvo que arrepentirse? Jamás se supo, porque ésa, jamás la reveló. ¿Quizás no haberse proclamado rey de Italia? ¿O haber faltado en alguna ocasión a su gran valedora, Isabel la Católica, a la que tanto amó y respetó? Nunca sabremos de su tercer remordimiento.

Y, ¡qué curioso! El incansable guerrero, el audaz capitán, el galán que tanto dio que suspirar a las más nobles damas, termina sus días convertido en un apacible burgués, junto a su mujer y a su hija Elvira, hastiado de intrigas y desengañado de glorias. Sólo viajará dos veces en seis años: para presentarse ante las Cortes de Aragón, que con increíble mendacidad le regateaban un subsidio, y para ver de nuevo Granada, antes de morir. Mentira parece que fuera éste mismo quien, en el ápice de sus triunfos, como el poeta italiano Sannazaro se refiriese con ironía a su buena suerte en los campos de batalla, le contestó enfáticamente:

—No, mi ilustre amigo. Es que Dios se ha vuelto español.

* * *

Hay en palacio una actividad febril. Van y vienen las damas de la Corte, dando y cumpliendo órdenes, ayudando a las sirvientas a calentar los barreños de agua, disponiendo paños de lino y finas telas de cárbaso. Los médicos han pedido al rey que salga de la alcoba conyugal; mostrando una excitación en él nada frecuente, pasea por el contiguo escritorio y en un impulso, también insólito, ordena que le sirvan un vaso de vino de Rioja, que bebe despaciosamente. Se escuchan de pronto ayes y gemidos; don Fernando, alterado, se acerca hasta la puerta de la habitación, aunque no se atreve a franquearla. Además —piensa— tales expresiones de dolor son normales en las parturientas. Y su esposa, la reina doña Germana, está de parto. Es el 3 de mayo de 1509.

Transcurre media hora inacabable. De la alcoba salen, presurosas, damas y sirvientas, que sin decir palabra se pierden por el largo pasillo hasta las cocinas, y vuelven rápidas, con más cántaras de humeante agua, con más paños. Otra media hora de espera. Por fin, el médico de palacio aparece en la puerta; trae el semblante serio y al rey, que se le ha acercado con ansiosa expresión, sólo le comunica:

—Ha sido varón.

Estalla la alegría en el rostro de don Fernando; mas el físico completa tristemente la noticia:

—Será difícil que sobreviva.

—¿Puedo pasar a verle?

La muerte de Isabel «la Católica», el 26 de noviembre de 1504, románticamente evocada por la paleta de Eduardo Rosales. (Casón del Buen Retiro, Madrid.)

El 21 de mayo de 1506 desaparecía, igualmente, Cristóbal Colón; el soñador que encontrara en la reina su mejor valedor. (Monasterio de La Rábida.)

Retrato de los Reyes Católicos conservado en el convento de Madrigal de las Altas Torres. La desaparición de la soberana castellana hizo temer por el proceso de unificación nacional...

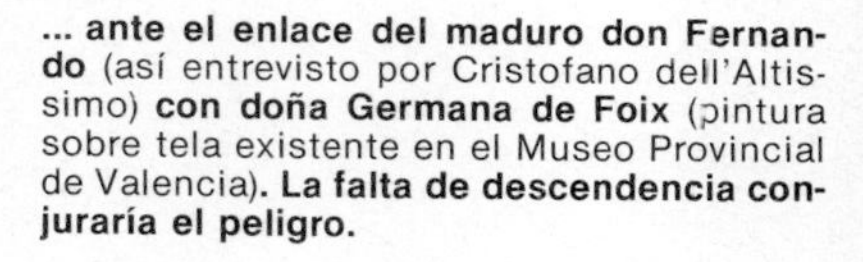

... ante el enlace del maduro don Fernando (así entrevisto por Cristofano dell'Altissimo) **con doña Germana de Foix** (pintura sobre tela existente en el Museo Provincial de Valencia). **La falta de descendencia conjuraría el peligro.**

En ese momento, las armas españolas lidiaban en Italia bajo el mando del Gran Capitán. (Retrato de Gonzalo Fernández de Córdoba en la sevillana Biblioteca Colombina.)

Las querellas intestinas parecieron acallarse con el matrimonio de doña Juana «la Loca» y Felipe «el Hermoso». Quienes aparecen flanqueando el «Tríptico del Juicio Final», obra del maestro de la abadía de Afflighen. (Museo de Bellas Artes, Bruselas.)

Con todo, la actitud del nuevo soberano —demasiado amigo de francachelas y saraos como el aquí esbozado por Pieter Aertsen que se conserva en el Rijksmuseum de Amsterdam con el nombre de «El baile del huevo»— **alentará los galopantes celos de doña Juana...**

... la cual, en su debilidad mental, le acompañará en patética y amorosa peregrinación por los campos castellanos después de muerto. (Cuadro de Francisco Pradilla en el madrileño Casón del Buen Retiro.)

En el interregno, y por lo que
a Castilla se refiere, la nave
del Estado la dirigirá con firmeza
el cardenal Cisneros...

... quien hace suyas las directrices
imperialistas trazadas
por Isabel con respecto
a la conquista norteafricana...

... y a la expansión
de la cultura castellana
tras la fundación
de la Universidad
de Alcalá de Henares.

Para los aragoneses, las dificultades en tierras italianas se acrecentarán al tener que enfrentarse con genios de la guerra como Luis XII de Francia (arriba)**, el «renegado» Pedro Navarro** (abajo) **y el mismísimo Gaston de Foix, hermano de doña Germana, la virreina de Valencia** (en la página contigua, arriba).

La conquista del Milanesado por los franceses en 1515 pondrá en peligro la política expansionista por el Mediterráneo. Y más aún tras la muerte de don Fernando, en 1516, cuando se dirigía a Guadalupe. (En el grabado, el sepulcro de los Reyes Católicos en la catedral de Granada, obra de Domenico Fancelli.)

Pero la entrada en liza, y a favor de la causa de Aragón y Castilla, del emperador Maximiliano de Habsburgo... (En el retrato de B. Strigual, con su familia.)

... y la proclamación de su nieto Carlos como soberano español (un adolescente de dieciséis años cuyo perfil traza así Bernaert van Orley) **enderezarán definitivamente el rumbo de nuestra Corona por las procelosas rutas del Imperio.**

Asiente el médico con la cabeza y, sin decir palabra, cede paso al monarca, que casi de puntillas entra en la alcoba. En el lecho, doña Germana, agotada por el terrible esfuerzo, respira trabajosamente; una dama le coloca compresas sobre la frente. Temiendo lo que va a decir, pregunta el rey en voz muy baja:

—¿Y la reina?

—Tranquilizaos en cuanto a ella; no corre peligro.

Se acerca con cuidado hasta la cama; al verle, su esposa intenta esbozar una sonrisa y gira después el rostro hasta la cuna que hay junto a la cama. Allí está el niño, con los ojos cerrados, las carnes enrojecidas, la respiración apenas perceptible. Don Fernando no se atreve siquiera a acariciarle; se inclina, le contempla angustiado y, con mucho cuidado, deposita un beso en su frente sin calor. El arzobispo, tomándole por el brazo, le aleja del moisés, para decirle, en un susurro:

—Habida cuenta de su estado, convendría cristianarle ahora mismo.

—Disponed lo que sea oportuno.

—¿Tenéis pensado el nombre?

—La reina y yo decidimos que, si fuera varón, le llamaríamos Juan.

Un clérigo ofrece al arquiepisco el pocillo con el agua bendita; moja en él sus dedos y sin mayor ritual, hace la señal de la cruz sobre el recién nacido y, en el nombre del Padre, del Hijo y del Espíritu Santo, le bautiza con el nombre de Juan de Aragón.

Son inútiles todos los esfuerzos de la ciencia; próximo el anochecer, el niño muere. Nada le dicen todavía a la madre, medio inconsciente por las pociones que, de propósito, le han administrado. Lo sabrá al otro día, cuando ya los tiernos restos de la criatura hayan sido inhumados. Don Fernando intenta consolar su pena con unas palabras de las que —según Pedro Mártir— estaba convencido:

—Calmaos, mi señora, y pensad que lo mismo

que engendramos éste, que Dios ha querido llevarse tan pronto, podremos engendrar otros.

* * *

Por aquellas mismas fechas, don Francisco de Rojas, embajador en Roma del Rey Católico, ha cumplido el encargo que de él recibiera, en carta reservada de 21 de marzo. El Papa accedió gustosamente a la petición de don Fernando, a quien tanto ama y que mucho servicio presta en favor de la Cristiandad, despachando con rapidez el breve pontificio que le ha solicitado. Lo envía con urgencia el diplomático a la Corte de Castilla; llega pocos días después del infeliz alumbramiento y sirve de consuelo al rey, que le da inmediato trámite. Un noble mensajero se encarga de entregarlo personalmente a la reverenda madre general de la Orden de las Agustinas.

Ésta troca con presteza su inicial sorpresa por el gozo, da gracias a Dios ante la inesperada noticia y acude sin demora al monasterio de Santa María de Gracia, a extramuros de la villa de Madrigal. Hace llamar a la priora del convento, sor María de Aragón, y a la vicaria, que lleva el mismo nombre; por eso en la comunidad les dicen, cariñosamente, *las dos Marías*. Aunque durante el camino ha venido pensando el mejor modo de comunicarles tan sorprendente nueva, se siente ahora turbada y sus primeras palabras resultan torpes y confusas.

—Hermanas, los designios del Señor son inescrutables y de su providencia es sabido que escribe recto con renglones torcidos. Gran pasmo he tenido cuando, hace pocas horas, recibí este breve pontificio, firmado por el propio Papa, nuestro muy amado Julio II.

Vacila. Hace ademán de entregarles el pergamino, pero antes les exhorta:

—Recuerden vuestras mercedes aquel principio de las Sagradas Escrituras, por el que Jesucristo nos dice que no debemos juzgar, si no queremos ser juzgados. Aprecien, muy al contrario, la nobleza de quien, con óptimos resultados, se acogió a la benevolencia del Pontífice. Me refiero al rey don Fernando, que Dios guarde.

Hace una pausa; casi bisbisea:

—El padre de vuestras mercedes...

Estupefactas, conmovidas, nerviosas, *las dos Marías*, leen al tiempo el breve, atropellándose al hacerlo. Destaca el Papa en su texto la munífica actitud del rey, que sabedor de que sus hijas, ambas de nombre María de Aragón, monjas profesas, devotas y de mucho merecimiento, ignorantes como son de su origen, puedan tener escrúpulos de conciencia por su condición de bastardas y en cuanto semejante origen afecte a sus oficios, según la regla y constituciones de la Orden de San Agustín, para la buena gobernación y ejemplo del monasterio, suplica la legitimación de las dichas hijas, en cuanto a su capacidad para desempeñar sus cargos, sin limitación ni cortapisa canónica. A lo que, usando de sus prerrogativas y en nombre de Dios Nuestro Señor, accede el Papa y en consecuencia tiene a bien decretar la legitimación de las mismas, para que usen y ejerzan todos sus oficios y cargos en religión, sin ninguna duda, traba ni restricción, pues que se hallan plenamente conformes con los requisitos del Derecho Canónico.

Así supieron las dos últimas hijas naturales de don Fernando su regio origen, que tan celosamente les habían callado sus madres, las señoras de Larrea y de Pereira. Conocieron también que eran hermanastras; aunque el cariño que siempre se habían profesado fuese anticipada prueba de que sus sentimientos estaban muy cercanos, uniéndolas —aun sin saberlo— por su comunidad de sangre. Pero nadie más iba a enterarse, por el momento, de tan singular noticia: la reverenda madre les exigió la misma promesa de secreto que ella había dado.

Para las monjitas de Santa María de Gracia, seguirían siendo, sencillamente, *las dos Marías*.

El interés del Rey Católico por extender su poderío hasta el norte de África no era reciente. Ya su primera esposa, doña Isabel, había dedicado especial atención a la política africanista y si no pudo entregarse a ella con la intensidad deseada, fue porque el descubrimiento del Nuevo Mundo le obligó a volcar todos sus esfuerzos en aquella empresa. Pero que no olvidaba sus firmes ideas al respecto, lo confirmó en su testamento. Las razones que le movían a persistir en sus recomendaciones de conquista eran, a un tiempo, religiosas y políticas. Con su conocida obsesión por redimir a los infieles, la Reina Católica consideraba un deber llevar la Verdad de Cristo a los pueblos que poblaban las costas norteafricanas. La fantasía de Colón le hizo concebir una idea todavía más ambiciosa: comenzar desde allí una nueva Cruzada, que terminara con la reconquista de los Santos Lugares. Hazaña que sugirió don Cristóbal en sus tiempos gloriosos, en una reunión en la que estaba presente fray Francisco Jiménez de Cisneros, quien tomó buena nota del proyecto.

Existían, además, otros motivos menos elevados, aunque bastante más pragmáticos. La seguridad del reino de Granada y toda la zona de Andalucía Baja no sería absoluta, mientras al otro lado del mar, en el Mogreb y en Argelia, don inasen los moros, ansiosos siempre de vengar su expulsión de la Península. De hecho, eran frecuentes las incursiones de piratas berberiscos, que causaban grave daño en las costas andaluzas. Por último, resultaba imprescindible asegurar la inestable situación de la plaza de Melilla, ocupada en 1497 por Pedro Estopiñán y rodeada de vecinos hostiles.

Antes de decidirse por una maniobra militar de gran estilo, ordenó el rey llevar a cabo dos operaciones de tanteo, que resultaron positivas. En 1505, el alcaide de los Donceles, don Diego Fernández de Córdoba, consiguió apoderarse sin grandes dificultades de la plaza y castillo de Mazalquivir, en la costa berberisca; aunque más tarde, al pretender ensanchar el territorio conquistado, las tropas de Tremecén le infligieron seria derrota. Mejor fortuna tuvo Pedro Navarro, antiguo capitán de los ejércitos de don Gonzalo en la campaña napolitana, que persiguiendo unas naves berberiscas que habían cometido numerosos pillajes en Andalucía, conquistó en 1508 el peñón de Vélez de la Gomera, a mitad camino entre Melilla y Ceuta.

Semejante logro causó gran alegría entre los moradores de las costas españolas, pues suponía duro revés para los piratas que tanto les incordiaban. Por el contrario, provocó la indignación del rey don Manuel de Portugal, quien lo consideró una injerencia en territorios de su jurisdicción. Estaba escrito que los yernos tenían siempre que dar quebraderos de cabeza a don Fernando: recordemos que este monarca estaba casado con su hija doña María. El problema se resolvió tras un largo intercambio de cartas y explicaciones y, sobre todo, con el favor que poco después le hizo su suegro, enviando a Pedro Navarro y sus gentes a libertar Arcilla, posesión portuguesa cercada por el rey de Fez.

A partir de entonces comienza a plantearse don Fernando la posibilidad de emprender una campaña que le permita ampliar sus todavía parcos territorios en el norte de África. Cuenta con el apoyo entusiasta del cardenal Cisneros, iluminado —como doña Isabel— por la obsesión de redimir infieles. Solventados, a comienzos de 1509, todos los problemas residuales de la levantisca nobleza, parece llegada la hora de realizar el ambicioso empeño. En un primer momento se pensó encomendar el mando de las fuerzas expedicionarias al Gran Capitán; al menos, así lo propuso Cisneros. Pero la negativa del rey fue rotunda; y decidió que la jefatura militar la ostentase Pedro Navarro. Conviene tener noticia del agitado historial de este personaje.

Parece que su verdadero nombre era Pedro Roncal y que había nacido en Navarra, por lo que adoptó como apellido su naturaleza de origen. Fue pirata en su juventud al servicio de Francia, alistándose después en los ejércitos del Gran Capitán; y alcanzó fama y prestigio en las guerras de Italia, no sólo por su bravura y talento militar, sino especialmente por haberse especializado en expugnar fortalezas con un sistema de minas de pólvora, que en cierta medida inventó. Llegó a capitán con don Gonzalo, fue considerado como su más aventajado discípulo y al mando de los ejércitos reales obtendría en África las gloriosas victorias que en seguida conoceremos.

Más tarde, al decidir el Rey Católico suspender la campaña contra los moros, regresó a la Península, con su fama acrecentada; mantuvo serias disputas con el monarca, siempre celoso de la fama ajena y marchó de nuevo a Italia, participando en las nuevas guerras, ya con el título —concedido, pese a todo, por don Fernando— de conde de Oliveto. Hecho prisionero por los franceses en la batalla de Ravena, se concertó de nuevo con ellos, luchando contra los españoles, que le capturaron en Nápoles, encerrándole en las mazmorras de Castel Novo.

Tras varios intentos fallidos de fuga, el rey de Francia pagó veinte mil escudos por su rescate; ya en libertad, escribió a don Fernando renunciando a su condado y solicitándole que le relevase de la fidelidad que le debía, para poder servir al francés. Al clérigo que entregó el mensaje, contestó el soberano: *Diréis al conde Pedro Navarro... que no creo que cuanto escribe proceda de su voluntad... pues no es de creer que negase a su señor, que le ha tenido y tiene tanto amor. Y que yo, aunque quisiese él hacer tan gran yerro de servir al rey de Francia, dejando a su rey y señor natural... no daré lugar a ello, ni le soltaré jamás la fidelidad que me debe, ni he recibido ni quiero recibir la renunciación del condado de Oliveto. Antes quiero pagar los veinte mil escudos que el rey de Francia ha pagado por su rescate... y que se venga luego a mí, que yo le haré otras mercedes y le trataré con el amor y favor que es razón*. Pero, pese a tan generosa oferta, Navarro no aceptó reintegrarse al servicio de don Fernando; dice Zurita que, para entonces, *ya era tan francés como antes se había mostrado español.*

Pues, ciertamente, antes de su defección, el conde Pedro Navarro rindió importantes servicios a la causa española, sobre todo en la campaña africana que se disponía a emprender el Rey Católico, como empezamos narrando. Para ella, se pusieron bajo sus órdenes tropas veteranas de la guerra de Nápoles y soldados procedentes de las levas hechas en Castilla, Extremadura y Andalucía; cerca de diez mil hombres, que fueron concentrándose en Cartagena, de donde saldrían a bordo de una escuadra de diez galeras y otras embarcaciones menores. Viajaba también artillería, caballería, zapadores y minadores. Desde Valladolid, donde ahora se encontraba la Corte, don Fernando seguía vigilante todos los preparativos; un servicio de postas montado especialmente permitía que los correos tardasen sólo cuatro días en realizar el trayecto de Valladolid a Cartagena. (Menos, por tanto, que algunas cartas, hoy.)

Naturalmente, era aquélla una empresa costosa y ése fue el reparo principal que el rey puso a Cisneros cuando éste, estusiasmado con lo que consideraba una nueva Cruzada, le acuciaba para emprenderla. Tal era su arrebato, que ofreció ayudarle económicamente, adelantando el dinero necesario con los fondos de su sede episcopal de Toledo para pagar sueldos, provisiones y fletes; sus anticipos se le devolverían con cargo a la décima y subsidio de todos los reinos y señoríos de don Fernando y tendría en prenda, mientras tanto, lo que se ganase en tierra de moros. En tales términos, firmaron ambos personajes unas capitulaciones el 29 de diciembre de 1508, que hicieron posible la expedición.

A la cual se incorporó personalmente el cardenal, que zarpó con la flota desde Cartagena el 16 de mayo de 1509, con destino a Mazalquivir. No faltaron críticas y aun burlas por la intervención tan directa de Cisneros en una empresa militar; y se comentó irónicamente el contrasentido de que un eclesiástico quisiera hacer la guerra, mientras el Gran Capitán rezaba rosarios en su retiro de Loja. Con Navarro no fueron buenas las relaciones de Cisneros; aunque desde un principio procuró tranquilizarle, asegurándole que toda la gloria de la campaña sería para él, pues por su parte se limitaría a alentar a la tropa, pagar los gastos de la guerra, rezar por el triunfo y dar cuenta al rey de sus hazañas.

Pronto necesitó ejercitarse en lo primero; apenas salida la flota del puerto, hubo un conato de motín entre los soldados, que amenazaron con no combatir si no se les pagaba por adelantado. La ejecución, como represalia, de algunos de ellos excitó aún más los ánimos; entonces Cisneros ordenó a sus criados que subieran a cubierta unas talegas llenas de monedas de oro, y entre sonar de trompetas, pagó varios sueldos a la tropa, a la que después arengó con vibrantes palabras. Estimulados por la ganancia y también por el espíritu religioso que el cardenal les imbuía, el asalto a Orán resultó un éxito total. Combinando el ataque por tierra con otro efectuado desde la armada, Pedro Navarro ocupó la plaza, permitiendo después que sus soldados se entregaran al saqueo. Alguno hubo —dice el cronista Bernáldez— que tomó más de mil ducados como botín.

Fue, cuentan quienes la vivieron, una feroz batalla. Antes de comenzarla, el cardenal revistó las filas de soldados, montado en una mula, vestido con hábitos pontificales y con la espada al costado; le acompañaban muchos religiosos, cantando devotamente el himno *Vexilla Regis prodeunt*. A continuación, desde un repecho, dirigió un fogoso discurso a las tropas, anunciándoles que estaba dispuesto a marchar a su frente, para plantar entre las huestes infieles la cruz, estandarte real de los cristianos. Sin embargo, fue disuadido de semejante intención (sin demasiada resistencia por su parte) y se retiró a orar, juntamente con los demás clérigos, mientras comenzaba a tronar la artillería, estallaban las minas, echando abajo las murallas y saltaban sobre las ruinas los infantes, al grito de *¡Santiago y Cisneros!*

Mas, como solía ocurrir, la santa causa defendida no frenaba, ni mucho menos, los excesos de la soldadesca, que entró en Orán enfurecida y pasó a cuchillo a cuantas personas osaban detenerla, sin reparar en sexo ni edad. La orgía de sangre fue espantosa; hasta la mañana siguiente, en que desde temprano se ocupó de limpiar las calles de cadáveres y huellas del aquelarre, no permitió Navarro que tomara posesión de la plaza el cardenal. El cual, sin embargo, comprendiendo que sus criterios sobre la guerra, como Cruzada, nunca coincidirían con los que, como militar profesional, mantenía Pedro Navarro, decidió regresar a la Península. Y así lo hizo a poco, llevando consigo, aparte del quinto del botín que correspondía al tesoro real, un precioso cargamento de libros arábigos, destinados a la biblioteca de su reciente fundación universitaria de Alcalá de Henares.

Bien es cierto que la auténtica causa de la apresurada marcha de Cisneros se debió a haber interceptado una carta de don Fernando a Navarro, en la que le decía que procurase retenerle en África el mayor tiempo posible, lo que interpretó el cardenal como una maniobra del rey para, aprovechando su ausencia, conceder la silla episcopal primada de Toledo a su hijo bastardo Alfonso de Aragón, a la sazón arzobispo de Zaragoza. El 28 de mayo, pues, embarcaba en una galera, rumbo a Cartagena y hacía el viaje sin escolta, para demostrar la seguridad con que se navegaba por aquellos mares, antes expuestos a los ataques de los berberiscos.

Sin que ya nadie pudiera disputarle el mando supremo del ejército, Pedro Navarro, tras rechazar un intento del rey de Tremecén para recuperar Orán, marchó sobre Bujía, que conquistó con poco esfuerzo en enero de 1510. Cuando llegó la noticia a la corte de don Fernando, éste mostró un júbilo inmenso; de tal modo, que volvió a plantearse la posibilidad de seguir hasta los Santos Lugares, para lo que solicitó y obtuvo del Papa Julio II la predicación de la bula de la Santa Cruzada, en cuyo documento el Pontífice llamaba al Rey Católico *atleta de Cristo*. Desde Melilla hasta la frontera de Túnez, la costa quedaba en poder de los españoles; contagiadas del entusiasmo general, las Cortes de Monzón aprobaron un empréstito de 500 000 libras aragonesas para la guerra.

Mientras, Pedro Navarro continúa avanzando victoriosamente; el día de Santiago, 25 de julio de 1510, entra en Trípoli, ya en Libia. En menos de un año, ha conquistado toda la costa norteafricana; los jeques de Argel, el rey de Túnez y el de Tremecén se declaran vasallos de don Fernando. En Europa entera causa asombro la campaña y se refuerza el prestigio de la Monarquía, al tiempo que se afianzan sus dominios italianos.

En momento tan decisivo, el rey comete un gravísimo error: decide enviar a África a don García de Toledo, primogénito del duque de Alba, al mando de un ejército de siete mil hombres; le encomienda continuar las conquistas por el interior de Berbería. Pero con su llegada a Trípoli quedaba rota la unidad de mando, tan esencial hasta entonces. Lo que autoriza a pensar si no se trataría de una meditada —y desacertada— decisión de don Fernando, a quien comenzaba a inquietar la cada día mayor popularidad de Pedro Navarro y su creciente pujanza entre los militares. Quizás llegó a pensar que podía repetir en África la política personalista del Gran Capitán —a fin de cuentas, su maestro— en Nápoles, en deterioro de la autoridad de la Corona.

En todo caso, la inexperiencia de García de Toledo resultó funesta. Incorporado con sus tropas a las de Navarro, que se disponían a desembarcar en la isla de los Gelbes, solicitó ir en cabeza de las fuerzas; era el 28 de agosto, y ya en tierra firme los soldados apenas podían caminar sobre las arenas abrasadas por el sol. Fatigados y sedientos, cayeron en una emboscada tendida por los moros, que, a pesar de ser muy inferiores en número, diezmaron a los expedicionarios, causándoles más de cuatro mil muertos, entre ellos, el propio duque de Alba. El jeque triunfador se hizo cargo del cadáver y escribió días más tarde al virrey de Sicilia comunicándole que, al tener conocimiento de que aquel gran señor muerto en la batalla era pariente del rey, le había puesto en una caja y le tenía guardado, para que dispusiera de él. También los infieles —como se ve— sabían cumplir en ocasiones las más caballerescas leyes marciales.

Aunque el desastre pudo no haber sido definitivo, los cambios producidos en el panorama político europeo aconsejaron a don Fernando dejar para mejor ocasión sus sueños africanos. No podía pensar que, después de su muerte, un personaje audaz, mitad héroe, mitad corsario, recuperaría para su raza la costa norteafricana: Barbarroja.

CAPÍTULO SÉPTIMO

DON FERNANDO CUMPLE SESENTA AÑOS, LO QUE LE DESASOSIEGA, AUNQUE SU TALENTO POLÍTICO CONTINÚA JOVEN Y ASÍ AUMENTA SUS DOMINIOS EN ITALIA Y DA PRUEBAS NOTABLES DE ASTUCIA Y AUN DE DOBLEZ Y EN TRANCE DE ENFERMEDAD, POR MOR DE LOS AFRODISÍACOS, RECAPITULA SU MUCHA LABOR EN PRO DE LAS CIENCIAS, LAS LETRAS Y LAS ARTES, SIN NUNCA OLVIDAR LAS CUESTIONES DEL NUEVO MUNDO

Hoy, 10 de marzo de 1512, cumple don Fernando sesenta años; y eso le tiene decaído, preocupado y de mal humor. También influye en su abatimiento la tristura del invierno castellano, tan propicio a melancolías. Y la noticia, que le acaban de dar, del fallecimiento de don Gaspar de Grizio, el que fuese fidelísimo secretario de Isabel y confidente suyo en momentos difíciles para su espíritu. Al recordarle, evoca el rey tiempos idos, épocas de juventud y de ilusiones, de afanes y locos empeños, de grandes triunfos políticos y no menores hazañas guerreras, en las que siempre intervino tan personalmente, que en más de una batalla sus nobles y aun sus soldados se inquietaban al verle en primera línea, a lomos de su caballo blanco, derribando enemigos con la fuerza irresistible de su espada.

¡La fuerza! He ahí una de sus carencias actuales. Hace ya años que dejó de participar en justas y torneos, en aquellos pasos de armas que tanto prestigio le dieron entre las buenas gentes del pueblo y tanta admiración causaban a las damas de sus reinos (1). Con más de una mantuvo solaz efímero, a raíz de sus triunfos en el palenque. ¡Ay, las mujeres! Ya no existen tampoco para él, que tanto las gozó; ahora guarda con solicitud sus parvas reservas de potencia viril para entregarlas, con notorias intermitencias, a su esposa doña Germana. Conocedor de las ansias femeninas, le atormenta la insatisfacción que semejantes limitaciones puedan producir a su joven consorte. Cierto que ella jamás profirió una queja y hasta agradece con extremadas muestras de entusiasmo los espaciados ayuntamientos. Pero su empeño en tentar nuevas pócimas —las últimas han sido un cocimiento de yerbas estimulantes, traídas de las Indias— demuestra sus insuficiencias presentes.

Sonríe para sí mismo, sonríe con pesadumbre, al rememorar las inacabables noches de amor en Cervera, cuando sus ardorosos diecisiete años eran capaces de colmar los febriles apetitos de doña Aldonza, tan brava hembra; y los exquisitos placeres compartidos con doña Toda, con doña Joana, con la señora de Pereira, la encendida portuguesa... Mas también, negarlo sería injusto, Isabel le satisfizo en el tálamo tanto como la más apasionada de sus amantes; que así de cabal y lleno resultó su matrimonio con la reina de Castilla y por eso hay tan gran vacío en su espíritu desde que el Señor quiso llevársela. ¡Cuánta falta le hace ahora mismo! Pues Germana es gentil y complaciente y cariñosa, y en todo momento, sumisa; mas carece de aquellas virtudes políticas de la Reina Católica, de aquel talento para gobernar, de aquella intuición que le permitía encontrar en cada instante el consejo justo, la insinuación oportuna.

(1) Consta que en 1509, ya con 57 años de edad a cuestas, aún intervino en las justas celebradas en Valladolid para solemnizar la boda de su hija Catalina con Enrique VIII de Inglaterra y rompió varias lanzas.

Por eso se encuentra solo; solo ante un cúmulo de problemas, que con nadie puede compartir. ¿Cisneros? Gran talento el suyo y muy profundo su discernimiento; mas, en ocasiones, le agobia con su sabiduría, le abruma con sus reticencias y en el fondo le inquieta su poderosa personalidad. Fieles colaboradores son Lope de Conchillos y Pérez de Almazán y Alonso de Silva y Francisco de Rojas y el duque de Estrada y el muy devoto duque de Alba; pero todos necesitan saberse guiados en las decisiones superiores. De ahí que tenga que escribirles de continuo, pues muchas son las horas que dedica a los memoriales, convencido de que sólo la comunicación directa convence y satisface a los destinatarios, sean sus embajadores o sus capitanes, sean los reyes de Europa o aun el mismo Papa.

Encerrado tanto tiempo en el escritorio, sus esparcimientos han quedado reducidos a cortas cacerías, a los paseos a caballo, al juego de las cartas —única afición de mocedad que ha vuelto a cultivar— y a las partidas de ajedrez, que a la postre terminan cansándole. La bebida nunca le tentó; menos ahora, cuando la naturaleza flaquea. Tampoco es dado a la buena mesa, ni gusta de regalarse con manjares caprichosos. Leer, sí que lee; buena biblioteca formó doña Isabel, tan atenta a las inquietudes literarias, que, no obstante su severidac moral, no dudó en incluir en ella títulos tan reprobados por los clérigos como *El libro del buen amor*, que a él mucho le satisface y aun le regodea.

En sus amargas cavilaciones siempre le viene a la mente el recuerdo tristísimo de su hija Juana, encerrada en el castillo de Tordesillas, a solas con su incurable locura, por culpa de un insensato mal de amores, y las desventuras de Catalina, allá en la Inglaterra, padeciendo la tortura de un marido excéntrico. María, al menos, es feliz en su corte portuguesa; pero la política, ¡ah, la política que tanto le apasiona!, se la mantiene forzosamente alejada. ¡Si el príncipe Juan, su queridísimo hijo, no hubiese muerto tan temprano! Con él sentado en el trono, que bien lo educó para gobernar, todo sería muy distinto. Ni habría tenido que volverse a casar, enajenando con ello en buena medida el cariño de su pueblo, que nunca le perdonó su aparente traición a la memoria de Isabel, ni ahora se hallaría tan atribulado.

Pero don Fernando mantiene entero su temple, pese a transitorios decaimientos. Así que reacciona frente a la melancolía; no en vano ha escrito, en una de sus cartas: *no fatiguéis el espíritu en aquello que no hay otro remedio*. Forzoso es seguir adelante; que espinosas son las cuestiones que debe resolver y no las arreglará con meditaciones tristes. Ha sabido de tibiezas y aun contradicciones en alguno de sus aliados europeos; no adoptará, sin embargo, ninguna medida extrema, pues suya es también una frase que hizo fortuna en Aragón y Castilla: *aunque un caballo dé a su dueño un par de coces, no por eso se le debe de matar.*

Hace sonar el cimbalillo; comparece presto un secretario.

—Disponeos a tomar dictado de una carta. Va dirigida a Luis XII de Francia.

Ya es otro el personaje. Como tantas veces, el rey ha prevalecido sobre el hombre.

* * *

Por acrecentar la Iglesia y no a ningún particular —la opinión es de Maquiavelo, que por esta vez resultó poco sagaz—, el Papa Julio II quiso rescatar el dominio del Estado temporal de la Iglesia sobre la Romagna, desplazando sucesivamente a venecianos y franceses. Para conseguir lo primero, se concertó con el rey de Francia, con el emperador Maximiliano y con Fernando el Católico en la llamada Liga de Cambray. Aunque la alianza se presentó con apariencias de cruzada contra el turco, lo cierto fue que cada uno de sus integrantes sólo buscaba con ella conseguir precisas conquistas territoriales; el rey aragonés, las plazas de Trani, Bríndisi, Gallipoli, Polignano y Otranto, cedidas a Venecia como fianza de los préstamos recibidos de aquella república.

Efectivamente, obtuvo la cesión de las mismas; pero a cambio de colaborar en una sucia maniobra, de la cual fue víctima la república veneciana, hasta entonces en inmejorables relaciones de amistad y alianza con las mismas potencias que ahora la desmembraban. Incluso el cronista Zurita, siempre ferviente defensor de don Fernando, ha de reconocer que *fue aquella plática muy deshonrosa y de gran infamia a estos príncipes... que vendieron la libertad de aquella señoría en tal vil precio, habiendo hecho confianza dellos.* Y aún recalca: *Fue este trato de mayor nota en la persona del Rey Católico, porque tenía en su protección aquella ciudad.* En este caso, pues, habrá que dar la razón a los autores que, analizando su diplomacia, la consideran excesivamente cínica.

La alianza de Cambray era tan poco consistente, que, satisfechos sus respectivos intereses, los confederados se desavinieron pronto. Luis XII de Francia fue el primero en situarse en abierta oposición con el Pontífice, no sólo porque volvía a acariciar la ilusión de apoderarse de toda Italia, sino porque incluso pretendía deponerle, para entronizar en la silla de San Pedro al cardenal de Ruán. A tales efectos, convocó un Concilio en Pisa, precedido por una reunión del clero francés en Tours, donde se declaró justificada la guerra contra el Papa. El cisma había estallado; y a él respondió Julio II publicando edictos para celebrar otro Concilio en San Juan de Letrán y recabando el auxilio del rey Fernando. El 16 de noviembre de 1512, éste asistía a solemne misa cantada en la catedral de Burgos, y al llegar el Evangelio oía en pie la lectura hecha por el legado del breve pontificio que lo convocaba para el siguiente mes de abril; dirigiéndose a Cisneros, le exhortó para que acudiese personalmente y defendiera a todo trance la unión de la Iglesia Romana.

Hasta entonces, el monarca había seguido una contradictoria política con Francia, con quien aún tenía vigentes tratados de amistad y cooperación. En pocas ocasiones como en ésta puso tan de relieve su habilidad para el brujuleo, clara prueba de que, si sus facultades físicas estaban en declive, mantenía lúcidamente su famosa capacidad para la intriga. De tal modo que, hallándose Luis XII en el verano de 1510 con graves dificultades en Génova, le solicitó que le asistiese con su armada, a lo que estaba obligado, según los pactos existentes. Escribió don Fernando a Pedro Navarro, ordenándole que así lo hiciera y dispusiese sus galeras para salir en ayuda del *rey amigo*, carta que envió por duplicado y a través de los franceses, para que éstos, por mensajero propio, se la hiciesen llegar. Pero, al mismo tiempo, le remitía un mensaje cifrado, diciéndole que aparentase cumplir el mandato, pero que se demorase todo lo posible para, finalmente, no cumplirlo, *aunque de esto no digáis nada a nadie, ni siquiera al Papa, porque es mal secreto.*

En el otoño de 1511 rompía definitiva —y ya expresamente— relaciones, al firmar con Venecia (ahora, otra vez amiga, en cambio) y el Papa la llamada *Liga Santa*, aportando al ejército común 10 000 infantes, mil jinetes y 1 500 hombres de armas, financiados por Roma y conseguía que el mando supremo lo ostentase su virrey en Nápoles, Ramón de Cardona. La alianza iba dirigida contra Francia, anhelante el fogoso Julio II por recuperar Bolonia, primer objetivo en la nueva guerra. La reacción de Luis XII fue, naturalmente, inmediata: formó una poderosa tropa, superior a la enemiga y puso a su frente al jovencísimo —22 años— duque de Nemours, don Gastón de Foix, hermano de la reina Germana y cuñado, por tanto, de don Fernando. A quien de nuevo las exigencias de la política traían complicaciones familiares.

Conocía bien sus dotes militares el rey y por ello advirtió a Cardona que procurase evitar choques frontales; pero el jefe español no atendió las instrucciones y así fue cosechando derrotas, que culminaron en la batalla de Ravena —abril de 1512—, donde, aunque la infantería española hizo honor a su fama, los desconciertos del mando provocaron un grave descalabro a las fuerzas de la *Liga Santa*. Allí murieron muchos capitanes españoles y fue hecho prisionero Pedro Navarro; aunque más grave resultó para los franceses la pérdida de su magnífico jefe. Derribado del caballo por un soldado español, de nada le valió gritar: *¡Soy el hermano de la reina de Aragón!* El soldado le atravesó con su espada.

El embajador Jerónimo de Vich comunicó la derrota a don Fernando, al tiempo que le pedía *que reaccionase conforme a su grandeza de ánimo*. Otra vez demostró éste encontrarse en plenitud de sus facultades políticas, no obstante los sesenta años que acababa de cumplir. Supo levantar la moral del ejército de Italia y de sus aliados, asegurándoles que *nada importaba tener un revés, sino superar la adversidad*, y al Papa, más desalentado que nadie, le anunció que enviaría nuevas tropas y pondría a su frente, *por su experiencia en la guerra contra los franceses*, al mismísimo Gonzalo de Córdoba, lo que demuestra su estado de ánimo en aquellos momentos. Y más todavía: que si con ello no bastara, *yo mismo acudiría en persona*.

Nada hizo falta, porque la muerte de don Gastón provocó graves escisiones en el ejército de Luis XII. Enfrentados sus generales entre sí, cundió la indisciplina en los soldados y la entrada en liza, a favor de la Liga, de un fuerte ejército suizo obligó a los franceses a retirarse. Entonces y sorprendentemente, el Papa se volvió contra el Rey Católico, pronunciando una frase que dice poco en favor de la seriedad —por no usar sustantivo más duro— de aquel Pontífice:

—¡Buena ganancia fuera la mía con sacar de Italia a los franceses, insolentes y de mal gobierno, pero ricos, si en su lugar hubiese de hacer señores a los españoles, soberbios, valerosos y pobres!

En vista de lo cual, comenzó a desarrollar su plan, consistente ahora en aliar al rey de Francia con el emperador Maximiliano, ofreciendo a éste el trono de Nápoles, aunque con la escondida idea de arrojarle pronto de allí, para adueñarse después del reino. No en vano decía Zurita de este Papa que *su natural condición era no reconocer obligación de los beneficios recibidos y pagar con ingratitud.* De haber realizado sus proyectos, difícil se le hubiera puesto a don Fernando (que, naturalmente, estaba al tanto de ellos por mediación de sus eficaces espías) su situación en Nápoles; pero vino en su ayuda uno de aquellos acontecimientos inesperados, que tanto se prodigaron en tiempos de Isabel y que ésta achacaba siempre a la Divina Providencia: el 20 de febrero de 1513 murió el esquinado Julio II. Le sucedió en el Pontificado, con el nombre de León X, el cardenal Juan de Médicis; desaparecía así el peligro, al menos de forma inmediata.

Porque ahora Venecia se aliaba con Francia; y el Rey Católico se apresuraba a abrazarse de nuevo con Luis XII, con quien firmaba una tregua el 1 de abril, ante la exasperación de su consuegro, Maximiliano de Austria, que no se recató en propalar a los cuatro vientos que don Fernando *era capaz de concertarse con el infierno mismo.* Por supuesto; y gracias a tan inteligente descaro, pudo contemplar a distancia la encarnizada lucha entablada en Lombardía entre alemanes, venecianos, pontificios, escoceses y suizos, en la que éstos causaron tan estrepitosa derrota en Novara a las huestes de Luis XII, que para evitar males mayores, el monarca galo firmó un tratado en el que renunciaba al Concilio de Pisa, volvía a la obediencia al Papa y retiraba sus guarniciones de Cremona y Milán.

Momento oportunamente aprovechado por el Rey Católico para ordenar al virrey Cardona que pusiera en marcha sus ejércitos, que atravesaron sin resistencia el Milanesado, llegando hasta las mismas puertas de Venecia. El país entero se unió entonces contra los españoles y Bartolomé de Albiano, en otros tiempos compañero de armas del Gran Capitán, dirigió la contraofensiva. El 7 de octubre, en Vicenza, tuvo lugar la batalla, saldada victoriosamente para las tropas de Cardona, que causaron más de cinco mil muertos a los venecianos y sus aliados. León X solicitó de don Fernando la paz y accedió éste complacido, mientras los franceses se veían obligados a abandonar la Lombardía, primero, y todas sus posesiones de Italia, más tarde.

Al final, pues, se había salido con la suya.

* * *

No siempre pudo decir lo mismo. Tres años antes de estos acontecimientos, tuvo que rectificar en rotundo una decisión, tomada, bien es verdad, más por consejo insistente del cardenal Cisneros que por su propio albedrío. Se trataba de implantar en el reino de Nápoles los tribunales de la Inquisición, que debían funcionar lo mismo que en Castilla. Medida a todas luces impopular, pues suponía desconocer el talante abierto de los italianos, habituados a mantener conceptos muy liberales sobre la religión, en buena parte incitados por el ejemplo, no siempre santificante, que recibían del propio Pontífice.

Incluso en España, el Santo Oficio había necesitado de una profunda revisión en sus prácticas, llevadas a cabo por Cisneros desde que tomó posesión del cargo de Inquisidor General. Las brutalidades de Lucero, en Córdoba, dañaron seriamente el prestigio de una institución cuyo funcionamiento despiadado sólo podía satisfacer a los irreconciliables. El cardenal modificó el número y composición de los tribunales y como parte de su tarea de dignificación de la Iglesia española —a la que, en efecto, mejoró en muchas de sus corruptelas, especialmente en lo tocante a los vicios y excesos de los clérigos y de la jerarquía— suavizó notablemente las condenas, dotando además de mayores garantías al proceso.

A pesar de ello, cuando don Ramón de Cardona, cumpliendo reales órdenes, pretendió instaurar en Nápoles las prácticas del Santo Oficio, el pueblo se opuso unánime y violentamente e incluso los aragoneses y castellanos que formaban el ejército del virrey se adhirieron a la protesta, manifestando *que antes suplirían cualquier suplicio y daño o graveza, que dar lugar que la Inquisición se pusiese.* Como prueba de la firmeza de su postura, atentaron contra la vida del inquisidor Andrés Palacio y sus servidores, colocándose en abierta sedición contra el monarca.

Recibió éste oportuna cuenta de la situación, sopesó lo mucho que arriesgaba si mantenía su empecinamiento —que tampoco debía ser excesivo— y cursó inmediatas instrucciones a Cardona para que comunicara a todo el reino de Nápoles la revocación tajante de la orden, *en obsequio a la tranquilidad del reino y penetrado del celo de los napolitanos por la fe católica.* Tan sólo se ordenaba a los judíos y conversos de La Pulla que saliesen del territorio; lo que ya habían hecho con sobrada anticipación, acreditando un prudente y más que justificado temor.

Don Fernando, pues, también sabía perder y envainar sus decisiones, cuando se manifestaban inadecuadas al interés político. La reflexión era una de sus más notorias características; baste recordar alguno de los aforismos que dejó escritos: *Hase de pensar despacio y ejecutar presto; ni es segura la diligencia que nace de la tardanza... La aceleración siempre pare hijos abortivos, sin vida de inmortalidad... Tan presto como alcanza las cosas, se le caen de las manos; que a veces, el estampido del caer fue aviso del haber tomado.*

* * *

En la primavera de 1513 su salud le da un aviso serio. Tiene la culpa uno de aquellos afrodisíacos que le suministra la cada vez más obesa doña Germana, con la obsesión de estimularle la actividad sexual. Con pudibundez y recato, narran los cronistas que la enfermedad se la causó *un cocimiento horrible, que la reina, su mujer, le hizo tomar, deseosa de darle calor para tener hijo varón, y no le dio sino fuego y veneno que le abrasó y corrompió las entrañas.* Puede recuperarse, tras unos días difíciles; y ya repuesto, considera oportuno suavizar sus relaciones con el emperador Maximiliano y prevenir, incluso, la venida de su nieto Carlos, heredero de la Corona. Para entonces, obviamente, ha perdido ya las esperanzas de volver a ser padre.

Al embajador cerca de la Corte alemana le escribe: *Decid al emperador, mi hermano, que yo le ruego afectuosamente que tenga muy entera y sana confianza en mí y aunque le digan en contrario cuanto se pueda decir, no crea nada... y con esta certedad y confianza, le ruego que de aquí en adelante entienda en los negocios y posponga enteramente todas las sospechas que de mí le ponen y hable conmigo clara y abiertamente todo su corazón, porque así lo hago yo ahora y haré siempre con él.* En otra carta, ésta a un clérigo, no disimula su enfado con el nuevo Papa, León X: *La verdad es que Su Santidad no tiene razón de quejarse, porque siempre había conocido que su voluntad era poner paz entre los cristianos... Alguna más razón tuviera yo de quejarme de Su Santidad, que pues que yo había tomado la guerra con Francia, con tanto gasto y peligro, por la honra y defensión de esa Santa Silla, cosa justa fuera que antes de admitir al dicho rey de Francia y a los otros cismáticos en el Concilio, se me diera parte.*

Sin olvidar, ni mucho menos, las tareas de Estado, incluso las más ambiciosas —como demostrará en seguida, al integrar Navarra en la corona de Castilla—, manifiesta también en este tiempo una especial predilección por perpetuar su memoria como protector de la cultura y, singularmente, de las artes y las letras. Favorece la publicación del libro de López de Vivero en defensa del Real Patronato de la Universidad de Salamanca, y sobre todo, como tiene *gusto de arquitectura*, impulsa —entre otras— las obras de la nueva catedral de Salamanca, *el último suspiro del gótico en España*; de San Marcos, en León; de la Cartuja de Miraflores; del Hospital Real, en Santiago de Compostela. Fruto personalísimo de su dedicación, lega a la posteridad las espléndidas reformas en la Aljafería de Zaragoza y, en la misma ciudad, el templo de Santa Engracia, construido en cumplimiento de una promesa de su padre, Juan II, expresada en su testamento. Ciertamente, el desarrollo de la arquitectura bajo su reinado alcanzó espléndidas cotas de belleza, que si inicialmente se debieron al particular empeño de doña Isabel, él supo después continuar y acrecentar. Aunque, quizás con injusticia, sólo se hable hoy del *estilo isabelino* e incluso de un *estilo Cisneros*.

Pues el cardenal fue, ciertamente, un gigantesco impulsor de la cultura, hasta el punto que su relevante puesto en la historia, más que por sus aciertos políticos como regente y por la trascendencia de su reforma de las Órdenes religiosas, lo ganó con sus desvelos en favor de la expansión de las enseñanzas universitarias, especialmente en las ramas de teología y humanidades, que culminaron con la fundación de la Universidad de Alcalá de Henares. Tenía gran cariño a esta ciudad, donde había pasado su niñez en un convento de franciscanos y la visitaba con frecuencia, pues era popular y querido entre sus vecinos. Por eso la eligió para sede de la gran obra que soñaba realizar: una auténtica Ciudad Universitaria, acorde con el espíritu cristiano que tanto le obsesionaba.

Destinó para ello buena parte de las cuantiosas rentas de su sede episcopal de Toledo, la más rica de todos los reinos, y encargó los planos al reputado arquitecto Pedro Gumiel. En solemne ceremonia, el 28 de febrero de 1498 colocó personalmente la primera piedra; su fiel servidor, el judío converso Gonzalo Zegrí, puso sobre ella unas monedas de oro y la imagen en bronce de un monje franciscano. A partir de entonces, encontrando siempre hueco en sus innumerables ocupaciones, el cardenal no dejó de atender con especial cuidado la marcha de las obras, desplazándose a Alcalá en cuanto tenía ocasión. El 26 de julio de 1508 se inauguró el Colegio Mayor de San Ildefonso, instalado en el propio recinto universitario, rompiendo así la costumbre salmantina de que estas residencias de estudiantes se encontraran fuera de él. Pronto estuvieron terminados los demás edificios, incluso casas de campo para los profesores y hasta aprovechó la ocasión para empedrar las calles de la ciudad.

Los profesores eran treinta y tres, escrupulosamente elegidos entre los más brillantes teólogos de la época; doce capellanes se ocupaban del cuidado espiritual de los alumnos, correspondiendo la máxima autoridad de la institución al rector, asistido por tres vicerrectores. En esto, como en el plan de estudios y desarrollo de las clases, Cisneros introdujo importantes y fructíferas novedades en los usos hasta entonces imperantes en las otras universidades del reino de Castilla, que eran las de Salamanca, Valladolid, Toledo, Sigüenza y Santiago de Compostela. Algún problema tuvo con ellas, especialmente con la primera, que veía en peligro su hasta entonces absoluta primacía en materia de estudios superiores. Pero buen cuidado tuvo siempre en precisar que en Alcalá se cursarían fundamentalmente ciencias teológicas y humanidades, reservando las jurídicas y otras disciplinas para las demás.

Rápidamente alcanzó la Universidad un enorme prestigio, que rebasó las fronteras; Erasmo de Rotterdam hablaría con elogio de los estudios de filología clásica que allí se cursaban. Levantó también el cardenal dos edificios para pensionado de jóvenes, que estudiaban latín, griego y hebreo y que gozaban de becas durante tres años. Al acabar el curso, durante catorce días se celebraban discusiones públicas sobre los temas del programa, en las que los alumnos acreditaban su formación; una vez terminadas, se les conferían los grados de bachiller, licenciado y maestro en artes. Las cátedras no eran vitalicias, sino que duraban tan sólo cuatro cursos, terminados los cuales cada profesor tenía que presentar de nuevo su candidatura y realizar determinadas pruebas; además, sólo cobraban cuando impartían sus lecciones. (Sabia medida que no estaría de más repetir en nuestros tiempos.) Ciertamente, la organización y funcionamiento de aquella universidad fue en todo momento ejemplar; y como ejemplo, hoy imposible de seguir, debería gravitar sobre la actual.

Merece la pena recordar alguna de las características de la vida universitaria en Alcalá. Las clases se daban siempre en latín, para que los alumnos aprendiesen a hablarlo correctamente. Los *camaristas* comían juntos, en mesas sin manteles y lo hacían a base de sopas, carne, pan en abundancia y dos litros de vino por día; la ración de éste se reducía cuando el rendimiento académico no era bueno. Los viernes se ayunaba, siendo el menú huevos, vegetales y miel. Estaba rigurosamente prohibido llevar armas y jugar a los dados o a las cartas; el ejercicio físico más habitual era la pelota. Tampoco se permitía a los estudiantes tocar laúdes y guitarras, tolerándose que en sus celdas tañesen el clavicordio, con tal de que no protestaran los vecinos. Fuera del recinto universitario, los jóvenes —naturalmente— se desahogaban a modo; y cantaban y alborotaban y se divertían en las tabernas de la ciudad, sin que faltasen sus visitas a los lupanares del *barrio prohibido*. Aunque buen cuidado tenían en que semejantes excesos no llegasen a conocimiento del rector, celoso vigilante no sólo de su aprovechamiento en los estudios, sino también de su pureza.

En la Universidad alcalaína estudiarían Ignacio de Loyola, Lope de Vega, Tirso de Molina, Calderón de la Barca, Quevedo y Mateo Alemán, entre otros talentos preclaros de años posteriores, que bien aprovecharon la espléndida biblioteca legada por el cardenal. Y allí realizó también Cisneros una de las obras culturales más importantes de todos los tiempos: la edición de la *Biblia Políglota*, que costó la exorbitante cantidad de 50 000 ducados y para cuya impresión fue necesario importar especiales máquinas de tipografía, que permitían escribir en caracteres griegos, caldeos y hebreos. Hablaba fray Francisco las tres lenguas; para compilar esta Biblia, escogió a nueve eruditos, entre ellos el ilustre gramático Antonio de Nebrija. Instaló asimismo en Alcalá a los mejores impresores de Francia y Alemania y la monumental empresa tardó quince años en concluirse, quedando terminada tan sólo cuatro meses antes de la muerte de su entusiasta promotor.

Además de la *Biblia Políglota* o *Complutense* (así llamada por el antiguo nombre de Alcalá, *Complutum*) se imprimieron en los magníficos talleres de la Universidad, los más avanzados de su tiempo, otros muchos libros importantes, como una espléndida edición del Nuevo Testamento. Para esta labor había conseguido Cisneros autorización del Pontífice para acceder a la colección de códices del Vaticano; además, no vacilaba en invertir cuantiosas sumas en adquirir manuscritos originales en toda Europa, llegando a pagar cuatro mil coronas de oro por siete códices hebraicos.

* * *

A finales de 1513, el rey don Fernando se encuentra en Alcalá de Henares y comunica al cardenal:

—Después de comer iré a visitar vuestros colegios y a censurar vuestras fábricas.

Pues eran muchas las críticas que llovían sobre Cisneros, por los enormes gastos que había supuesto la construcción de tantos edificios, hasta el punto de decirse, con retruécano, que nunca hubo en la Iglesia un prelado *más edificante*. Recibió fray Francisco al rey, acompañado del rector y de todo el claustro y los alumnos, mostróle detenidamente los colegios y las aulas y las camarillas y la biblioteca, y al terminar el largo recorrido, reconoció don Fernando:

—Había venido para censurar; pero ahora no puedo por menos que admirar.

Gozoso, replicóle el cardenal:

—Señor, mientras vos ganáis reinos y formáis capitanes, yo trabajo para hacer hombres que honren a esos reinos y sirvan a la Iglesia.

Ya despidiéndose, comentó el monarca:

—Si algo debo reprocharos, es que se me figura que esas tapias no han de alcanzar la eternidad a que su fundador aspira.

—Así es; mas yo soy viejo y he procurado acelerar la obra antes que me sobrecoja la muerte. Creo, sin embargo, poderos asegurar que esas paredes de arcilla, algún día serán de mármol.

Acertó en su vaticinio: cuarenta y tres años más tarde, Gil de Ontañón recubrió la fachada con piedra extraída de las canteras de Rascafría y así podemos hoy admirarla. La palmaria satisfacción que a don Fernando le había producido el conocimiento de la Universidad, se confirmó cuando, habiendo mandado los servidores de su escolta a los ujieres que bajasen las mazas, pues no era correcto presentarlas de este modo ante el monarca, éste lo impidió, diciendo:

—Ésta es la morada de las musas, donde los sabios son dioses, y hay que respetar sus costumbres.

No puede caber duda de que la visita le había impresionado.

* * *

Ninguna referencia hemos hecho, hasta el momento, a las tierras del Nuevo Mundo. Puede por ello pensarse que, desde la muerte de Isabel, gran impulsora del descubrimiento y la colonización, el rey don Fernando tenía desatendidas sus infinitas necesidades. Lo cual, en cierta medida, hasta podría justificarse: en los últimos diez años debió ocuparse de cuestiones tan urgentes y de tan personal resolución como las querellas con su yerno don Felipe, en lo tocante a la regencia; la precipitada boda con doña Germana; la locura de su hija Juana; la traición de los nobles y su exilio de Castilla; el viaje a Nápoles; la campaña en el norte de África; las nuevas guerras de Italia y sus problemas con el Papa.

Pues bien: además de todo eso, nunca olvidó el tema de las Indias. Entre otras razones, por una muy importante: sus constantes penurias económicas. Agobiado por los gastos de las guerras de Italia y de África, escribe reiteradamente a Diego Colón encargándole que ponga suma diligencia *en esto de sacar el oro, pues acá, como sabéis, crecen cada día las necesidades de dinero en grandísima manera*. Aunque tampoco sería justo, ni mucho menos, limitar a la cuestión económica su preocupación; al mismo Colón le encarece, por este tiempo, el buen cuidado de los hospitales de la Buenaventura y la Concepción; e insiste una y otra vez en que diga de su parte a *los caciques y otros vasallos distinguidos* de las islas descubiertas que *mi voluntad es que los indios sean bien tratados, como nuestros buenos súbditos y naturales y que si alguno les hiciese mal, que os lo hagan saber, porque lleváis mandato nuestro para castigar muy bien semejantes casos*.

Son reiteradísimas sus órdenes al respecto, no sólo a Colón, sino también a Diego Velázquez de Cuéllar, capitán de la isla de Cuba, ahora llamada Isabelina *(que de la conversión y buen tratamiento de los indios tengáis muy gran cuidado y trabajéis para que sean adoctrinados en las cosas de nuestra santa fe católica, y permanezcan en ella, porque Nos quedemos sin cargo de conciencia)*; y habiéndose enterado en diciembre de 1512 de que su lugarteniente maltrató a los indígenas, manda que se proceda *contra su persona y bienes con todo rigor de justicia y conforme a ella, dadle la pena condigna al delito y que la cual pena sea pública para ejemplo a los que lo vieren*. Al virrey le ordena también, en junio de ese mismo año, *que provea las buenas costumbres desas islas* (Cuba, Jamaica y San Juan) *de no haber juegos, ni perjuros, ni amancebados, ni otras semejantes cosas... Procurad que se casen sin les apremiar ni ley para que lo hagan por la fuerza... que los clérigos que allí están, vivan en toda honestidad y buena vida*.

Durante su regencia y bajo su personal patrocinio culminarán expediciones históricas. Vasco Núñez de Balboa descubre el océano Pacífico —*el mar Austral*— y asciende a la cima de los Andes (¡con noventa hombres como todo acompañamiento!) en septiembre de 1513; forma con un árbol una cruz y graba en ella los nombres de don Fernando y doña Juana, ocupando en su representación el territorio. Ponce de León puebla San Juan de Puerto Rico y funda su capital; en 1512 descubrirá Florida. Juan Díaz de Solís llega al Río de la Plata —salió de Sanlúcar con tres pequeñas embarcaciones y setenta hombres en octubre de 1515—, se interna en las actuales tierras argentinas y acaba siendo devorado por los indios guaraníes, antropófagos de la isla de San Gabriel (hoy, Martín García).

Este acrecentamiento de los dominios ultramarinos durante la última fase de la gobernación del Rey Católico, lleva también consigo un vigilante cuidado de los problemas de su administración y desarrollo. Así, se interesa por la necesidad de frailes que pueda haber; y por la construcción de iglesias, escuelas y hospitales; envía maestros y (anticipándose a las actuales campañas de *promoción de empleo*) fomenta la marcha de trabajadores desde la Península, encargando su reclutamiento voluntario, especialmente en La Montaña de Santander y en Guipúzcoa, *pues allí hay mucha gente y poco aparejo para vivir*. Deroga las leyes de Colón, que obligaban a los solteros a casarse en determinado plazo, y le dirige una cédula, recomendándole que consulte siempre todos los asuntos importantes, antes de tomar decisiones.

Crea los jueces de apelación, que forman en La Española (Haití) la primera Audiencia que existió en América; y promulga una disposición trascendental, que acredita su buen hacer cristiano y hasta un evidente carácter liberal: por ella autoriza los matrimonios entre españoles e indias, oponiéndose así a la política racista imperante en Europa e, incluso, a las tendencias de la Iglesia Romana. Se ocupa de la construcción de puertos, caminos y edificios públicos, de la explotación minera y del envío de médicos y boticarios, como de la justa explotación de las haciendas.

También en 1512 dicta una pragmática ciertamente curiosa, por la que dispone que ningún letrado pueda abogar en litigios entre particulares, sino que éstos deberán siempre resolverse por vía de amigable composición o ante el juez, con la sola intervención de las partes. Confirma de este modo su proverbial aversión a los abogados y a la gente de la curia en general y su horror, también antiguo, por los pleitos y las actuaciones de los tribunales.

Inmejorable prueba de lo muy listo que era don Fernando.

CAPÍTULO OCTAVO

De cómo el rey don Fernando incorporó Navarra a sus demás reinos, bien que manteniendo su identidad y todos sus privilegios y de la habilidad con que siempre supo llevar las negociaciones con Juan de Albret y de la eficacia de sus servicios de información, que le permitieron conocer el tratado secreto que aquél firmó con Luis XII de Francia

Nicolás Maquiavelo, quizás el primer admirador de Fernando el Católico, escribió sobre él: *Si consideráis sus acciones, hallaréis siempre algo grande y extraordinario*. Tan halagüeña opinión podría ser rebatida en casos muy determinados; pero resulta, en cambio, absolutamente válida para enjuiciar la actitud del monarca aragonés respecto del reino de Navarra. Su incorporación a la Corona de Aragón iba a ser su hazaña política postrera. En ello coinciden la gran mayoría de historiadores: según Manuel Fernández Álvarez, se trató de *la última gran obra de Estado*; el entusiasta Ricardo del Arco agota sus epítetos para glosar el hecho; Modesto Lafuente resalta *el bien que resultó para la unidad y nacionalidad españolas*; Luis Suárez Fernández afirma que la integración de Navarra *aparece como resultado, ante todo, de la defensa de su hispanidad*.

Colocada a caballo entre Aragón y Francia, la situación geográfica del pequeño reino resultaba sumamente incómoda, especialmente desde que, con los Reyes Católicos, Aragón quedó unido bajo un mismo cetro con Castilla; y más todavía, a raíz de los enfrentamientos entre Luis XII y Fernando, agravados con la constitución de la *Liga Santa*, a la que ya se había adherido el yerno de éste, Enrique VIII de Inglaterra, todavía casado con su hija Catalina. Difíciles vecinos para un territorio de tan poca extensión, sacudido, además, por ásperas reyertas internas.

El siglo XI marca el cenit histórico de Navarra, configurado el reino por Sancho VIII, *el Fuerte*, que ganó para su escudo las cadenas que evocan la victoria de las Navas de Tolosa. Pero al morir sin hijos legítimos, comenzó el desfile de monarcas franceses —*de extraña tierra y extraño lenguaje*, según dice el Fuero—, sucesivamente de las casas de Champaña, Evreux, Foix y Albret, o Labrit. Las dos últimas dinastías fueron especialmente pródigas en problemas sucesorios, que con frecuencia trajeron consigo sangrientos enfrentamientos internos y una interminable serie de pactos, alianzas y componendas.

Ya en 1441, a la muerte de Juana de Evreux, primera mujer de Juan II de Aragón (entonces nada más que lugarteniente del reino, ya que aún vivía su hermano, Alfonso V el Magnánimo), surge un conflicto que conducirá a la guerra civil, pues a los derechos sucesorios de Carlos, príncipe de Viana, opone su padre don Juan los suyos, establecidos en el testamento de su esposa; al primero le apoya en sus pretensiones el bando de los beamonteses o gentes de la montaña y al segundo, los agramonteses, habitantes de los llanos.

En diciembre de 1455, Juan propone a Gastón IV de Foix y a su esposa, Leonor, reconocerles como sucesores en el trono, si Carlos de Viana y su hermano no se someten incondicionalmente a su voluntad. Dos ejércitos aragoneses llevarían a cabo la conquista del reino navarro; al tiempo que se propalaban y exageraban las noticias sobre las crueldades de los beamonteses (pues la *guerra sicológica* es antigua invención de los hombres). Una negociación, comenzada desde Nápoles por Alfonso V, a quien había acudido solicitándola el príncipe de Viana, resultó estéril, al morir el rey de Aragón, en 1458. Ya en su trono, Juan II moderó sus extremismos e incluso perdonó a su hijo; éste moriría también tres años después, cuando estaba tomando cuerpo la idea —bien recibida en Navarra— de casarle con la princesa Isabel de Castilla, hermanastra del entonces rey Enrique IV, llamado *el Impotente*.

Con ello se desvanecían las posibilidades de incorporar Navarra a la Corona castellana y el reino se vinculaba, por el contrario, a la Casa de Foix. Tras una larga y complicadísima serie de sucesos, entre ellos el asesinato del obispo de Pamplona, que no son aquí del caso, hemos de llegar a 1475, cuando se produce la primera intervención de Fernando el Católico en los problemas navarros; ni que decir tiene que defendiendo especialmente sus propios intereses y para evitar que los agramonteses se incorporen al bando que defiende la sucesión de *la Beltraneja*, en perjuicio de Isabel, ya su esposa. La política castellana se fija un objetivo muy claro: obtener la paz interior de los navarros, reconciliando a los dos bandos.

Política que se mantendrá en años sucesivos. El 2 de octubre de 1476, en Tudela, beamonteses y agramonteses se prometían la paz, en las condiciones que señalaran los reyes de Aragón y Castilla. Desde entonces, en todas las vicisitudes por las que atraviesa el reino —que fueron muchas— está presente don Fernando, más o menos directamente. En el tratado de Madrid (1495), primero, y en el de Sevilla, más tarde (1500), el Rey Católico jugó todas las bazas de su diplomacia; en el segundo, agradecido por el gesto de Juan de Albret de desplazarse hasta la capital andaluza, le hizo objeto de toda clase de homenajes, fiestas y regalos y le afirmó en sus derechos al trono. Pero, además, aseguró la neutralidad de Navarra cuando sus relaciones con Francia estaban más tirantes que nunca e incluso acordó una promesa de matrimonio entre los infantes Enrique de Albret e Isabel, hija de Felipe el Hermoso y de Juana, con lo que enlazarían las dos dinastías.

La muerte de Isabel la Católica y la muy controvertida regencia de Fernando parecieron echar a perder la paciente y sabia labor de tantos años; Albret entró en rápido contacto con Felipe el Hermoso —todavía en Flandes— sumándose al bloque poderoso de enemigos del Rey Católico, que con tanto empeño alentaba Luis XII de Francia. Pero entonces se produjo la campanada de la boda de don Fernando con Germana de Foix, que nuevamente provocaba un brusco cambio en el escenario político. Para el rey de Navarra supuso un terrible golpe: ahora, sus dos vecinos se habían aliado y su postura no podía resultar más inestable. Apresuradamente envió embajadores a Segovia, desde donde el monarca le tranquilizó, asegurándole que le reconocía como único rey legítimo de Navarra, como asimismo que, en todo momento, respetaría los acuerdos de Sevilla.

Al siguiente año, Felipe el Hermoso, apoyado en los traidores nobles castellanos, forzaba la renuncia de don Fernando a la regencia de Castilla. Lo mismo que aquéllos, pensó Albret que esto sí que suponía el ocaso definitivo del rey aragonés y, olvidando todos los pactos suscritos con él, firmó (agosto de 1506) una alianza con el rey consorte. Lo hizo en Tudela, cuando Felipe iba camino de Burgos; nadie podía imaginar que le quedasen tan sólo unos pocos días de vida. Otra vez hubo de alterarse el imprudente soberano de Navarra, que tuvo pronta noticia de que Castilla reclamaba con anhelo la vuelta del Rey Católico. Antes de que ésta se produzca, en el verano de 1507, otra guerra civil asola los campos de Navarra. Tras cinco meses de feroces batallas, Juan de Albret consigue acabar definitivamente con la rebeldía de los beamonteses.

Fernando, que ha tomado de nuevo las riendas de Castilla, comenzará a cavilar, en el año de 1508, la posibilidad de anexionarse Navarra, para terminar con la siempre inestable situación de aquellas tierras. Pero, según su costumbre, no toma una decisión inmediata. El recuerdo de los muchos problemas que esta misma cuestión produjo a su padre le aconseja mayor prudencia que nunca.

* * *

Al año siguiente, puede decirse que adopta ya un conjunto de medidas cautelares. De una parte, ofrece protección a los beamonteses exiliados de Navarra, tras su derrota, y forma con ellos una especie de partido pro castellano, al que se irán incorporando personajes de la nobleza navarra, descontentos con el modo de gobernar de Albret. Además, demostrando en este caso finos escrúpulos legales, encarga a varios letrados y a su propio hijo bastardo Alfonso que le preparen informes acerca de los derechos que podría aducir para incorporar Navarra a su reino. El dictamen de éste no ofrece lugar a dudas: *Lo más que el rey de Navarra tiene derecho* —dice en él— *es a posesión larga; más la verdadera justicia y título de aquel reino, es del rey de Aragón*.

Tan favorables informes no alteran la calma de Fernando; ese mismo año envía a Pedro de Ontañón a entrevistarse con Juan y Catalina de Albret, intentando llegar a un acuerdo con ellos. Se niegan los reyes navarros; en vista de lo cual, vuelve por segunda vez Ontañón a su Corte, para manifestarles, en nombre de su soberano, que éste, dada su actitud, considera rotos todos los lazos de amistad y cualquier compromiso de ayuda mutua. Al mismo tiempo, organiza una fuerza armada de beamonteses, que se instalan en la frontera, entre Calahorra y Alfaro, al mando del conde de Lerín, navarro siempre enfrentado a sus monarcas; y le aconseja que, si puede tomar algún castillo *o cosa buena* en el territorio de los Albret, así lo haga, *por trato o por furto*, pues ya después le ayudará a defenderlo.

En aquellos momentos, al rey navarro no le interesa romper hostilidades con Aragón, pues su postura frente a Luis XII resultaba extremadamente crítica. En enero de 1510, el Parlamento francés, reunido en Toulouse, ha decretado la confiscación de todos los bienes de los Albret, incluso aquellos que no formaban parte del patrimonio de los Foix; lo que supone la ocupación del Bearn, extensa comarca del norte de los Pirineos. La guerra parece inevitable; pero la situación europea ha dado un cambio decisivo, al integrarse Inglaterra en la Liga Santa y hacer causa común con el Papa, Maximiliano y don Fernando, en contra de Francia. Les conviene a todos frenar el expansionismo francés y de nuevo Alfonso de Aragón prueba sus heredadas cualidades diplomáticas, consiguiendo el reconocimiento de Amadieu de Albret como obispo de Pamplona.

Los reyes de Navarra intentan un acercamiento a don Fernando, a comienzos de 1512, pidiéndole condiciones para la seguridad del reino. La respuesta no puede ser más generosa: las mismas que se fijaron en los tratados de 1494 y 1500. Antes de que pudieran contestar, la muerte en la batalla de Ravena de Gastón de Foix, que suponía la transmisión de todos los derechos sucesorios de la familia —incluidos los del antiguo rey Gastón IV de Navarra— a su hermana, la esposa del Rey Católico, forzó a Luis XII a proponer con desmesurada rapidez una alianza a los Albret. Sabedor de ello —como siempre—, Fernando todavía propuso una última fórmula a los soberanos navarros, a quienes ofrecía tres soluciones: declararse neutrales en la guerra entre la Liga Santa y Francia; acudir al subterfugio de que Bearn ayudara a los franceses y Navarra, a los españoles, o, finalmente, integrarse en la Liga.

Juan de Albret no contestó a la oferta; por entonces, sus plenipotenciarios negociaban en Blois un acuerdo supersecreto, en virtud del cual y a cambio de la completa alianza militar, Francia anulaba las confiscaciones acordadas en Toulouse, ratificaba la soberanía del Bearn y concedía el ducado de Nemours. Las negociaciones se llevaron con un enorme sigilo; no suficiente, sin embargo, para que la red de espionaje de Fernando —pues como tal hay que calificarla— no le remitiera puntual y entera información sobre ellas. Los ardides empleados por sus agentes para conseguirla nunca se supieron con detalle; varias son las versiones, a cuál más novelesca.

Al decir de Santa Cruz, uno de los diplomáticos franceses que negociaba en Blois con los enviados del rey Albret, fue seducido por una mujer, miembro (como hoy diríamos) de los servicios secretos de don Fernando, y a través de ella llegó a la Corte de Burgos copia literal de la alianza que se estaba negociando. Según Pedro Mártir, ese diplomático era nada menos que el secretario del rey de Navarra y le asesinó su amante, la presunta espía, llegando los documentos a manos de un sacerdote, Juan de Pamplona, quizás por vía de secreto de confesión; aunque el clérigo los entregó a don Fernando, naturalmente a cambio de gratificante recompensa económica. Fuera como fuese, el rey aragonés tenía las pruebas de la enemiga de los Albret y buen cuidado se dio en hacer público el contenido del tratado, para que nadie pudiese discutir que emprendía la guerra contra el reino navarro adelantándose a las intenciones de aquéllos, totalmente entregados a Luis XII.

En pocas ocasiones como en ésta trató tanto don Fernando de justificar su decisión. A su consuegro, el emperador Maximiliano, le escribe, detallándole *el peligro y daño que por tiempo pudiera venir por allí, de Francia a España, y de lo que aquel reino importa para cerrar la entrada a los franceses, y para cualquier empresa que se haya de hacer contra Francia... y cuán franceses son el rey don Juan y la reina doña Catalina; que si esto de Navarra no se hiciera, pudiera ser causa que por ella se pusiera un gran fuego en España, lo cual, a Dios gracias, está atajado.*

A mayor abundamiento y acumulando razones, insiste cerca del Papa para que despache *todos los breves y bulas que para esta empresa, que se hace en favor de la Iglesia, son menester.* Pues con hábil razonamiento, entendía que, habiendo sido declarado cismático y enemigo del Pontificado el rey Luis XII, por su convocatoria del sedicente Concilio de Pisa, los Albret, en cuanto aliados suyos, debían incurrir en la misma excomunión. Aunque Julio II tardó varios meses en despachar el breve, don Fernando lo dio por hecho y ordenó circular un documento en el que, como otro motivo más que exculpaba la declaración de guerra contra Navarra, hacía constar su carácter de cruzada contra unos monarcas que se habían apartado de la Iglesia de Roma.

Por entonces —julio de 1512— habían desembarcado ya en Pasajes las fuerzas expedicionarias inglesas mandadas por el marqués de Dorset, que venían a unirse con las españolas para atacar Francia. Estaba previsto comenzar la invasión por Guyena; pero don Fernando, pretextando que ese frente quedaría en posición difícil, si no se lograba antes el pleno dominio de Navarra, concentró el ejército que mandaba el duque de Alba en Salvatierra de Álava y situó otro, al mando de su hijo bastardo Alfonso, en la misma frontera. Solicitó entonces de Juan de Albret que accediera al paso de sus tropas por su reino y les facilitase vituallas; y al negarse, el 21 de julio ordenó al duque de Alba que iniciara la ocupación del reino. El jefe inglés, alegando que las órdenes recibidas de Enrique VIII indicaban que el ataque debía comenzar desde Fuenterrabía, se negó a colaborar en la operación.

Su ayuda resultó del todo innecesaria. Los 15 000 infantes y la poderosa artillería del duque de Alba no encontraron oposición alguna en su marcha hacia Pamplona, donde entraron el 25 de julio, siendo recibidos con general afecto por el pueblo, en clara demostración de que prefería situarse en la órbita castellana a continuar padeciendo la anarquía que había sido constante durante los muchos años de reinado de unas dinastías francesas, que nunca gozaron de su simpatía. Cuatro días más tarde, el duque de Alba, en nombre del rey Fernando, juró ante las Cortes de Navarra respetar todos los fueros y privilegios del reino, así como su régimen especial de tributos y el mantenimiento de sus usos, costumbres e instituciones históricas, aceptando asimismo obligaciones tan particulares como que ningún vecino fuese compelido a dar posada a nadie, si no era por su precio, ni obligado a hacer la guerra más allá de sus términos.

Tales condiciones serían posteriormente ratificadas por el propio rey Fernando; el cual convocó Cortes en Pamplona el 23 de marzo de 1513, y ante ellas juró mantener los *privilegios, libertades y exenciones, usos y costumbres del reino de Navarra*, obligándose *a amejorarlos y no empeorarlos*. En el mismo acto, los procuradores, por su parte, le juraron y reconocieron como *católico rey de Navarra*, prometiendo obedecerle y servirle, fiel y lealmente, *como rey y señor natural*.

Así se llevó a cabo la *incorporación*, que no la anexión, de Navarra a Castilla y Aragón, como tiene buen cuidado en destacar Luis Suárez, inmejorable historiador de este período. En realidad, lo que se produjo fue un *cambio de dinastía*; pues Navarra mantuvo su identidad como reino. La prueba de la solidez de aquella fórmula se acreditó sobradamente en el posterior curso de la historia.

En todo caso, la unidad de los reinos españoles, tan anhelada por Isabel la Católica, había culminado felizmente, gracias a la meditada y eficaz política de quien fuera su muy amado esposo.

* * *

Resuelto el problema navarro, don Fernando acucia a sus aliados ingleses para continuar la campaña, ahora contra Francia y de conformidad con lo pactado con Enrique VIII, cuando éste se incorporó a la Liga Santa. La seguridad de partir con las espaldas cubiertas, hace todavía más asequible el empeño; pero el marqués de Dorset sólo da evasivas y procura por todos los medios entorpecer la operación. Ciertamente, los nobles de su ejército no muestran el menor entusiasmo por combatir a Luis XII, de quien muchos de ellos reciben pensiones. Entienden, además, que aquella guerra sólo puede producir beneficios al rey aragonés; la tradicional teoría del *espléndido aislamiento* influye en ellos decisivamente.

Por fin, y tras numerosas dilaciones, Dorset comunica a don Fernando que ha recibido órdenes de su monarca de regresar a Inglaterra con su ejército. Semejante decisión afecta muy profundamente al Rey Católico, que confiesa su desencanto en una carta a fray Diego de Deza: *Conducta ésta que yo siento en extremo, pues mancha el honor de mi serenísimo yerno, el rey Enrique VIII, y también recae en la gloria de la nación inglesa, tan ilustre en los tiempos pasados, por sus altas y caballerosas empresas.*

Emprende, pues, la invasión de Francia con sus solos ejércitos y el duque de Alba, su general en jefe, atraviesa la frontera y ocupa varios pueblos. Pero Luis XII, que ha recuperado buena parte de sus tropas de Italia, al abandonar aquel país, organiza una fuerza de enorme poderío, dividida en tres cuerpos: uno lo manda el conde de Angulema, otro Carlos de Borbón, duque de Montpensier, y el último, el ex rey Juan de Albret, juntamente con el señor de La Paliza (inadecuado nombre, en verdad, para un general). Los quince mil hombres de este cuerpo de ejército atraviesan los Pirineos y toman al asalto Burguete, mientras los otros invaden Guipúzcoa, arrasan Irún, Oyarzun, Rentería y Hernani y ponen cerco a San Sebastián. Hasta ocho asaltos consecutivos resistió heroicamente la capital donostiarra y, finalmente, el general Lautrec optó por levantar el asedio, ante lo estéril de sus esfuerzos.

El duque de Alba, sitiado en Pamplona, recibía providencial ayuda de fuerzas castellanas y aragonesas enviadas por don Fernando, y gracias a su apoyo expulsaba a los franceses de los alrededores de la ciudad. La falta de víveres que éstos padecían y la vigorosa contraofensiva de las fuerzas españolas les obligaron a emprender la retirada, sumamente dificultosa, a través de los nevados Pirineos. En Elizondo fueron duramente castigados por vascos y montañeses; y el rey acudió a Pamplona, desde Logroño, donde se hallaba, para encargarse personalmente de terminar con los últimos reductos enemigos del valle del Roncal y aprestar nuevas líneas de defensa, ante la eventualidad de posteriores ataques franceses.

Pero la firma de una tregua con Luis XII supuso la paz definitiva. Y aunque al morir poco después el rey francés y sucederle en el trono Francisco I, éste alentó nuevamente a Juan y Catalina de Albret para que reclamasen la Corona de Navarra, y en tal sentido dirigieron una embajada a don Fernando solicitando su restitución y emplazándole, de lo contrario, nada menos que *ante el tribunal de Dios*; tan apocalíptica apelación no afectó en absoluto al Rey Católico. Quien les contestó, sin demasiada ceremonia, que había conquistado Navarra en virtud de una bula pontificia y que Dios le hacía la gracia de conservarla y defenderla, si preciso fuera, con la fuerza de las armas.

¡Bueno era él para intimidarse con invocaciones a la Divina Justicia!

[illegible] vivir [illegible] [illegible] proyecto [illegible] [illegible] [illegible] [illegible] [illegible] [illegible]

[illegible] Luis XVI [illegible] [illegible] [illegible] [illegible] [illegible] [illegible] [illegible] [illegible] [illegible] Dios [illegible] [illegible]

[illegible] [illegible] [illegible] la realidad social.

CAPÍTULO NOVENO

Donde se narran los últimos meses de la vida del Rey Católico, su obsesión por la caza y los viajes, la muerte del Gran Capitán y cómo un potaje frío de turmas de toro, suministrado por doña Germana, aceleró la de don Fernando, que apenas tuvo tiempo de dictar un largo testamento y fue enterrado sin pompa y quizás llorado por sus mujeres

Le llaman la Venta del Milagro y está en un cruce de caminos, en plena meseta castellana. Es grande el portal que le da acceso; a un lado, las cuadras, y al fondo, tras el patio, la sala de recibir, de la que arranca una escalera hacia el único piso, donde se encuentran las estancias. En una de ellas —enjalbegada, con muebles oscuros que contrastan con la blancura de las paredes: un armario, varias sillas, sillón frailuno y cama de buenas proporciones, de las que llaman *de canónigo*—, el duque de Alba y el licenciado Vargas, tesorero real, aguardan el regreso de don Fernando, que ha salido de caza. Mucho gusta en estos tiempos —mediados de 1514— de ejercitarse en tan noble arte, a pesar de que su salud acusa graves síntomas de empeoramiento. Apenas monta a caballo y viaja con frecuencia conducido en hangarillas; pero parece transfigurarse cuando, en el monte, se le ponen a tiro los ciervos y los venados y aun los jabalíes.

Los caballeros charlan, evidentemente preocupados. Especialmente el duque, que no se recata en afirmar:

—El cambio que su carácter ha experimentado, paréceme la más evidente prueba de que el rey se siente enfermo. Su serenidad de antes, aquella calma al afrontar los problemas del reino, que a todos nos infundía tan firme confianza, se han hecho ahora irritación y enojo; incluso, frecuente iracundia.

—Ciertamente —recuerda Vargas—, la pócima que le hizo tomar la reina debilitó aún más su gastada naturaleza.

Y es que semanas antes, doña Germana, siempre con la idea fija de excitar la sexualidad de su marido, le preparó un potaje de turmas de toro, y se lo hizo servir extremadamente frío, pues al decir de su camarlenga y de la esposa del contable mayor, que le sugirieron el remedio, sus efectos resultarían tan rápidos y seguros, que sin ninguna duda, *aluego sería preñada*, como ya le había sucedido, contaban las crónicas, a la esposa de don Martín de Aragón. Se encontraban a la sazón los reyes en el lugar de Carrioncillo, a una legua de Medina, y parece que, en efecto, tras una jornada de caza muy fatigosa, holgó don Fernando con la reina. Mas cayó en seguida en febril postración y fue presa de tan agudos dolores en sus mismas entrañas que incluso llegó a estar desahuciado por los médicos.

—Quiso guarecelle Dios Nuestro Señor de aquella enfermedad —se persigna el duque, al recordarlo—; más Su Alteza nunca tornó a su primer ser y fuerza, haciéndose incluso enemigo de los negocios del reino, por los que tanto apego sentía.

—Por contra, diose en andar por los campos, rehuyendo ciudades y villas populosas, donde se le hace difícil respirar; de ahí que tanto se dé a la caza y al aire puro de los montes y de los bosques.

—Razón tiene; que en ocasión de trasladarse a Valladolid, el pasado agosto, para recibir a los embajadores de Francia, y como asistiera, muy a su pesar, a las fiestas y banquetes que se les ofrecieron, tornó a recaer, y se enfermó otra vez de unas calenturas tercianas y para que sanase, tuvieron que llevarle presto a Mejorada.

—Donde unos jarabes mal recetados le hicieron empeorar, y hasta le privaron del juicio, al punto que llegó a decir muchas cosas sin concierto.

—Por fortuna, notable es aún su fortaleza; ved lo poco que aquello le duró y cómo, ya sin calenturas, pudo regresar a Valladolid.

—Sin embargo, su actual condición, nada satisfactoria, nos obliga a estar sobre él, pues forzoso resulta aconsejarle que medite en el futuro del reino y avíe cuanto antes la venida de su nieto don Carlos, en evitación de reyertas sucesorias, que funestamente se producirían, si de morir don Fernando, que el Señor no lo quiera, hubiese que aplicar en sus términos el actual testamento, donde encarga del gobierno de Castilla a su otro nieto, el infante don Fernando.

—Mucho le quiere; pues crióse junto a él y no como el flamenco, a quien ni siquiera conoce todavía.

—Pero Carlos es legítimo heredero de la Corona; y su otro abuelo, el emperador Maximiliano, no consentirá que se le prive de su derecho a ella.

Suenan pasos en la escalera. Los dos caballeros se aproximan a la puerta y se inclinan respetuosos cuando entra el rey, acompañado de varios servidores. Viste gabán pardo, calzón del mismo color hasta las rodillas y polainas de cuero; en el cinto, un cuchillo de monte. Aunque tiene la faz tostada por el sol castellano, los ojos han perdido el brillo que tanto les caracterizó, y al quitarse el gorro, sus pocos cabellos, grises y lacios, resaltan su aspecto enfermizo. Toma asiento en el sillón, tras despojarse del gabán.

—Mala suerte hubimos en la jornada —explica—. Los condenados cochinos no aparecieron apenas y los ciervos y los gamos se mostraron esquivos a nuestras salvas. Ved vosotros mismos lo menguado de las piezas que cobramos.

Señala el ventanal, al que se acercan los nobles. Miran hacia el patio; bajo un cobertizo, los sirvientes han comenzado a desollar unos pocos venados. Varios grandes, que regresan de la montería, aplacan su sed con el agua, limpia y fresca, que sacan del pozo inmediato. Los cocheros desenyugan los caballos de la carroza real.

—Cuando remedie la fatiga con un buen baño tibio que he mandado preparar, quiero escribir una carta al emperador Maximiliano, mi consuegro. Os ruego, licenciado Vargas, que me hagáis merced de tomarla.

—Como dispongáis, señor...

—El buen Pérez de Almazán echará de menos estos dictados, donde quiera que el Señor haya querido llevarle...

El recuerdo de quien, durante tantos años, fuera su fiel secretario —ha poco fallecido— empaña de lágrimas los ojos del rey. La melancolía es otra de sus características actuales; los presentes, en silencio, hacen la reverencia antes de salir y le dejan solo con sus pesadumbres.

* * *

La laxitud de su ánimo no le permite ya adoptar casi nunca aquellas decisiones audaces que fueron característica de su política, en tiempos mejores. Ha prorrogado la tregua acordada con su enemigo de siempre, el rey de Francia, concertando la boda del infante don Fernando con la infanta Renata y aun la de su otra nieta, Leonor, con el propio monarca. Ganóse con ello, una vez más, la irritación de su yerno, Enrique VIII de Inglaterra, cuya esposa, doña Catalina de Aragón, intenta en vano congraciarles. Al morir Luis XII, todos los proyectos se vendrán abajo; será su nieto, el archiduque Carlos de Austria, quien, sin contar para nada con su opinión, haga concordia con el nuevo monarca francés, Francisco I. Pese a su postración, aún tuvo arrestos don Fernando para conjurar los problemas que con ello se le avecinaban, arreglando dos matrimonios que estabilizan la política exterior castellano-aragonesa: los de sus nietos Fernando y María con la hija del rey Ladislao de Hungría y el hijo de Luis, rey de Bohemia. Los desposorios se celebraron en Viena, en el otoño de 1515. Asistieron cuatros soberanos reinantes; quizás para demostrar que las tensiones con su consuegro habían disminuido, el emperador Maximiliano actuó por poder en nombre del infante Fernando, que estaba en Castilla.

Seguía el rey, por lo demás, con sus viajes de pueblo en pueblo y sin dejar de participar continuamente en cacerías. A Tordesillas acude también varias veces, para visitar a su pobre hija Juana, por la que siente una inmensa ternura. Está en Medina y caza en los montes de León, y después, en Ventosilla y en Olmedo; los nobles que le acompañan se asombran de que, no obstante su postración física —apenas puede andar y hay que llevarle en silla de manos—, talmente se transforma cuando lo dejan apostado entre los arbustos, a la espera de que salten las piezas.

Dando muestras de ostensible mejoría, preside las Cortes de Burgos, donde se confirma la anexión de Navarra a la Corona. Por última vez recibe allí el homenaje entusiástico de los representantes del pueblo; los procuradores le aclaman cuando anuncia, con la voz firme y clara de sus mejores días, que asegurando para Castilla y Aragón la sucesión dinástica de Navarra, demuestra cómo su preocupación mayor fue siempre ensanchar las fronteras de sus reinos. Parece ciertamente recuperado; pero después de la apoteosis, sufre tan grave recaída, que doña Germana llega a pensar que no sobrevivirá. Otra vez, sin embargo, salva el crítico momento y sale hacia Aranda, donde ordena prender al vicecanciller de Aragón, micer Antonio Agustín. Ya dijimos que algunos cronistas llegaron a aventurar que la causa de ello fueron los asedios amorosos de que hacía objeto a la reina; pero las escasas pruebas existentes no permiten asegurarlo.

En Segovia vuelve a agravarse; se obstina, pese a ello, en marchar a Calatayud, para intervenir en las Cortes de Aragón —que se han abierto, presididas por doña Germana—, de las que tiene solicitado el reconocimiento de la jurisdicción real en los recursos de las causas llamadas *perhorrescencias*. Pese al decidido apoyo que le presta en las discusiones su hijo don Alfonso, no consigue asenso suficiente y aun se producen tales disturbios que hay que suspender las sesiones. Muy deprimido, regresa a Castilla, pasando por Madrid, y a finales de noviembre llega a Plasencia, donde es recibido con grandes fiestas populares.

Siempre con su obsesión itinerante, sigue después camino hasta Trujillo, alojándose en el lugar de La Abadía, propiedad del duque de Alba, y no solamente se dedica a la caza, sino que resuelve el mayor de los problemas entonces pendientes: el de la sucesión al trono. En la carta que había escrito a Maximiliano ya le decía que la cosa que más deseaba en este mundo *es ver cerca de mí en estos reinos al ilustrísimo príncipe don Carlos, nuestro nieto... por haber de quedar en él mi memoria y sucesión, como porque desde ahora querría que en mi presencia estuviera presente en todos los negocios y consejos, porque aprendiese desde su tierna edad a gobernar y conociese a todos los de estos Reinos y ellos a él. Por las dichas causas, yo holgaré mucho que, en pudiéndose dar orden de su venida, de la manera que entre el serenísimo Emperador, mi hermano y yo está asentado, se haga*.

Que en esta ocasión no se trataba de palabras, lo demostró al firmar en La Abadía una concordia con Adriano de Utrecht, deán de Lovaina, ayo y preceptor del príncipe Carlos, llegado poco antes de Flandes, con el que capituló que, si bien —aunque falleciera primero la reina Juana— seguiría como regente hasta el final de sus días, después de su muerte sería proclamado rey su nieto. Hasta entonces, percibiría una asignación de 50 000 ducados anuales; en mayo viajaría a Flandes el infante don Fernando y con la misma flota vendría a España su hermano, sin gente de guerra, asignándosele las rentas y derechos de príncipe de Asturias. Se obligaba asimismo a convocar Cortes para que declarasen que, muerta doña Juana, reconocerían como rey al príncipe Carlos de Austria; el cual, por su parte, se comprometía a no tener *criados que hubieran sido rebeldes y odiosos al Rey Católico o a su Corona Real*.

Se firmó el acuerdo en las Navidades de 1515. Con él quedó tranquilo don Fernando, que ya dejaba lo referente a la continuidad dinástica en sus reinos *atado y bien atado*. En su caso, de verdad.

* * *

Tres semanas antes de ocurrir semejantes acontecimientos, murió en Granada Gonzalo Fernández de Córdoba. Sus frías relaciones con el rey se habían deteriorado aún más en los últimos tiempos; la negativa de éste a devolverle el mando de los ejércitos en ocasión de las pasadas guerras, como en alguna ocasión propuso Cisneros, enojó definitivamente al Gran Capitán, que cruzó con su soberano una agria correspondencia. En una de las cartas llegó a decirle *que en ser de aquella manera tratado, conocía que estaba pagando lo mucho que he ofendido a Dios por servir a Su Alteza*. Sucesivamente rechazó concederle dos encomiendas que le había solicitado; y más todavía cayó en su desgracia, cuando corrieron rumores en la Corte de que proyectaba embarcarse en Málaga para ir en busca del príncipe Carlos y entronizarlo aún en vida de su abuelo.

Aunque esto no pudo probarse, cierto fue que don Gonzalo no acudió a visitar al monarca, en ocasión de sus graves enfermedades; se disculpó escribiéndole que no lo había hecho *porque no se atribu-*

yese a lisonja, que es la moneda que menos quiero dar ni recibir. Expresamente se negó, en cambio, a asistir al capítulo de las Órdenes militares celebrado en Valladolid. En tan tensa relación, enfermó el Gran Capitán de cuartanas, y con la esperanza de mejorar, quiso ser trasladado a Granada, donde moriría el 2 de diciembre.

Quizás el Rey Católico, al conocer la noticia, sintió remordimiento por la conducta mantenida con quien, en definitiva, siempre le había servido con fidelidad y tantas glorias ganó para él en los campos de batalla. Así que ordenó un luto general en la Corte y él mismo lo vistió; dispuso también exequias solemnes en todas las iglesias del reino y escribió una carta de pésame a la viuda, extremadamente afectuosa, en la que recordaba y agradecía las glorias y servicios prestados en vida por don Gonzalo. A lo mejor, incluso querría entonces poder olvidar aquella respuesta suya, pronunciada años atrás, cuando un caballero de la Corte, procurando suavizar los rencores de don Fernando, se permitió decirle, a propósito de Gonzalo:

—Públicos han sido sus servicios.

—Sí; mas sus ofensas, secretas.

Ya no es tiempo ahora de pensar en ellas. El Gran Capitán es enterrado con los máximos honores posibles, en la iglesia granadina de San Francisco. Doscientas banderas y dos pendones reales tomados al enemigo, colocados en derredor de su túmulo, proclaman para la posteridad la magnitud de sus hazañas. *No fue un condottiero, sino que sirvió* —dice d'Ors— *a un solo señor: a una dama, a una reina.*

* * *

Sentado junto a la lumbre con doña Germana, el duque de Alba, los infantes don Fernando de Austria y don Fernando de Aragón, sus nietos, el marqués de Denia y el licenciado Vargas, el rey, relajado y hasta moderadamente eufórico, expresa su intención de salir de viaje hacia Andalucía, cuyo benigno clima le ha sido recomendado por los médicos. Además, en el tránsito por Extremadura podrá entregarse a su afición predilecta, la caza de aves, *por haber allí muy buenos vuelos de garzas*, según precisa, con vanidad de experto. Podrían salir de La Abadía, en dirección a Plasencia y bajar por Zaraicejo, hacia Sevilla.

Ninguno de los presentes pone objeción alguna al proyecto, aunque, en su fuero interno, el duque de Alba piensa que puede ser aquél mucho viaje para el soberano, cuya hidropesía —ya declarada por los médicos— le provoca frecuentes vahídos y mal de corazón. Pero de poco serviría intentar disuadirle; además, aunque nunca fue don Fernando supersticioso, últimamente concede mucha importancia a las señales que el vulgo considera agoreras. Y un gitano tenido por mago le ha aconsejado que jamás se acerque a Madrigal, pues le puede resultar funesto. Desde entonces, huye de aproximarse a esa ciudad.

Salen al mediodía siguiente; por el camino, el rey comenta con sus nietos que piensa convencer a Enrique VIII para que cese en su guerra con Francia y así, juntos los reinos cristianos, podrán dirigirse después contra el turco, para lo que tiene previsto armar una escuadra en el puerto de Sevilla; que tal es, les aclara, otra de las razones que le mueven a dirigirse a la ciudad andaluza. Del gobierno de Castilla no se preocupa, pues el cardenal Cisneros lo lleva con mano segura; en Aragón, su hijo Alfonso, lugarteniente del reino, cumple también a la perfección con sus funciones. Por eso puede él —y lo asegura olvidándose por completo de su precaria salud— destinar sus afanes a esas empresas exteriores, que siempre le atrajeron más que ningunas otras.

Los infantes le escuchan, entre admirados y afligidos, ya que conocen la gravedad de su estado. Cunde la desazón en la comitiva cuando llega la noticia de que la campana de Velilla de Ebro ha sonado sola, lo cual —dicen— es presagio de muerte. No puede evitarse que lo sepa don Fernando; para levantar el profundo decaimiento en que ha caído, una vieja hechicera, a la que llaman la Beata del Barco, le lee las rayas de la mano, profetizándole que no morirá hasta que conquiste Jerusalén; pero bien se ve que la vida se le escapa por momentos. El infante don Fernando abandona el cortejo y sale hacia Guadalupe, en compañía del deán de Lovaina. Los demás siguen su camino; aunque han de detenerse —el rey se ha puesto muy malo— en una casa rústica llamada de Santa María, en la Cruz de los Barreros, a la entrada del pueblo extremeño de Madrigalejo: turbador diminutivo de Madrigal.

Ahora sí que se siente morir. Pero todavía guarda un resto de su fortaleza; de modo que cuando el deán de Lovaina, que ha regresado apresuradamente de Guadalupe al saber de su gravedad, entra en la alcoba, le recrimina:

—Su Reverencia viene por ver si estoy tan al cabo, que no puedo más vivir. Vuélvase a Guadalupe, que allí iré pronto, a presidir el capítulo de la Orden de Calatrava.

Sin embargo, consciente de su situación, pide confesarse —a lo que hasta entonces venía negándose— y lo hace con fray Tomás de Matienzo, de quien recibe también, con mucho fervor, los Santos Sacramentos. Y llama al licenciado Zapata y al doctor Carvajal, miembros del Consejo Real, y al duque de Alba y al marqués de Denia y a su tesorero, el licenciado Vargas, para que expongan sus opiniones acerca de su idea de encomendar el gobierno de Castilla al infante don Fernando, hasta la llegada de su hermano, el heredero legítimo del trono, Carlos de Austria.

Todos los reunidos —que no han permitido a la reina doña Germana el acceso a las conversaciones— consideran arriesgada la idea del monarca, tanto por la corta edad del infante, como por los celos que podrían provocarse entre los hermanos y las inevitables discordias que se producirían entre los nobles castellanos. Tampoco son partidarios de que otorgue a su nieto preferido la administración de los Maestrazgos, recordándole que, en tiempos de doña Isabel, se vio obligado a tomarla en sus manos, por los difíciles problemas que consigo lleva.

—Verdad es cuanto decís; mas reparad —puntualiza con amargura el moribundo— que el infante don Fernando va a quedar muy pobre...

—La mayor riqueza que Vuestra Alteza puede legarle es la buena unión y conformidad con su hermano don Carlos, que será el rey, pues quedando bien con él, siempre librará mejor. Además, tenéis el reino de Nápoles y allí podéis heredarle en lo que a vuestra voluntad plazca, sin el inconveniente de los otros reinos y para mejor defensa de aquél.

—Lleváis razón... Sin embargo, ¿a quién encomendar la regencia?

El doctor Carvajal, el más famoso jurista del Consejo, propone sin dudar un nombre:

—Al cardenal Cisneros, señor...

El rey tuerce la cabeza, en claro gesto de desaprobación. Se hace un tenso silencio; los rostros de todos los presentes resultan sobremanera explícitos. Al cabo de unos segundos, murmura don Fernando:

—Aunque buen hombre sí es... Y culto y enérgico y con clara inteligencia. Además, no tiene parientes, lo cual resulta muy provechoso. También nos sirvió con eficiencia.

Hace una pausa, para después concluir:

—Sea, pues, regente de Castilla el cardenal.

Sin más conversación, pide al protonotario que, antes de nada, tome dictado de una carta de despedida para don Carlos, que comienza:

—Ha placido a Nuestro Señor de ponernos en tales términos, que habemos de proveer más como hombre muerto que vivo...

Con breves y sentidas palabras, ruega después a Dios que le guíe y enderece en la gobernación de sus reinos y le envía su bendición; corre la mañana del

22 de enero de 1516 y el rey se angustia, porque le fallan las fuerzas y ha de dictar aún su testamento. Pues otros cuatro tenía hechos, cuyas cláusulas forzosamente debe revocar ahora. En 1475, a punto de entrar en combate en la batalla de Toro, dispuso el primero; en él citaba a sus dos primeros hijos naturales, don Alfonso y doña Juana. Cuando, en 1494, yendo de viaje con doña Isabel de Medina a Segovia, fue presa de grave enfermedad, por fortuna superada, dispuso otras últimas voluntades, entre las que figuraba la fundación de una Capilla Real en la catedral de Granada y el encargo de que en ella fueran a reposar sus restos, juntamente con los de la reina. En Burgos, en mayo de 1512, ordenó tercer testamento; ya en él encargaba a sus albaceas que gestionaran la pronta venida del príncipe don Carlos, para que gobernase los reinos por su madre doña Juana, y en el mientras tanto, su hermano Fernando los rigiera. Por último, meses atrás, el 26 de abril de 1515, había modificado de nuevo sus voluntades testamentarias, encontrándose ya enfermo en Aranda de Duero.

El definitivo testamento será muy extenso; tanto, que apenas le da tiempo de firmarlo. Comienza invocando el nombre de Nuestro Señor Jesucristo y de la Virgen María y declara firmemente creer en ellos y en la Santísima Trinidad. Hace relación de sus títulos *—rey de Aragón, de Navarra, de las dos Sicilias, de Jerusalén, de Valencia, de Mallorca, de Cerdeña y de Córcega, conde de Barcelona, duque de Atenas y de Neopatria, conde de Rosellón y de Cerdaña, marqués de Oristán y de Goceano—*, revoca sus anteriores testamentos y ordena que sus huesos sean enterrados *en la Capilla Real de Granada, donde también han de ser sepultados los de la Serenísima Señora reina doña Isabel, nuestra muy cara y amada mujer.* Manda que los funerales y sufragios que se le dediquen *sean quitados de toda pompa y vanidad del mundo*, prohibiendo en consecuencia que *por Nos se traiga jerga alguna, ni luto sobre la cabeza, ni barba crecida.*

Dispone sufragios, y que en el día de su sepultura *sean vestidos cien pobres de dos vestiduras de paño cada uno,* para que rueguen a Dios por él. A continuación dedica un extenso elogio a su primera esposa doña Isabel, *dotada de tantas y tan singulares excelencias, que ha sido su vida ejemplar... y amaba y celaba tanto nuestra vida, salud y honra, que nos obliga a querer y amarla sobre todas las cosas de este mundo.* Semejante declaración la pone en inmediata conexión con la inevitable referencia a su segunda esposa, doña Germana; si bien en este caso más parece tratar de justificar su boda: *Por las cosas arduas y de grande importancia que estaban por suceder después de la muerte de la dicha Serenísima reina doña Isabel, por el bien, sosiego y paz de todos nuestros reinos, fue conveniente que hiciésemos el casamiento que hicimos con la Serenísima reina doña Germana, nuestra muy cara y muy amada mujer; lo cual, como hasta aquí se ha visto, ha hecho el fruto y puesto en todos los reinos el reposo y asiento que del dicho casamiento se esperaba, bendito sea Nuestro Señor...*

Está pues bien claro que, en sus últimos momentos, don Fernando tuvo especial empeño en destacar que doña Isabel había sido el gran amor de su vida y que sólo razones de Estado motivaron su boda posterior con Germana de Foix; a la que, sin embargo, tampoco regatea elogios: *en ella, verdaderamente, habemos hallado mucha virtud y tenernos grandísimo amor y así, la amamos mucho.* Y le dona *para los gastos de su persona y casa* la ciudad de Zaragoza de Sicilia, las villas de Tárrega, Sabadell y Villagrasa y otras tierras, rentas y mercedes. Más adelante, al instituir herederos del Reino de Navarra, manifiesta —y también hay que ver justificación en ello— que *requerido por nuestro muy santo padre Julio, lo hubimos de conquistar, por la notoria cisma conspirada contra la persona del Sumo Pontífice por el rey don Juan y la reina doña Catalina, que entonces poseían el dicho reino y que fueron declarados cismáticos.*

Doña Juana, su hija, es nombrada heredera universal de la Corona y de todos los derechos de su padre; mas *como está muy apartada de entender en gobernación ni tiene la disposición que para ello convendría, lo que sabe Nuestro Señor cuánto sentimos,* designa gobernador general de los reinos al príncipe Carlos de Austria, su nieto, y en su ausencia regentará Aragón *el ilustre y muy reverendo don Alfonso, arzobispo de Zaragoza y de Valencia, nuestro muy caro y muy amado hijo,* de quien resalta su *prudencia e integridad.* Es éste el único de sus cuatro hijos bastardos al que alude en el testamento; no hay referencia alguna a doña Juana ni a las *dos Marías,* ni a ninguna de sus madres, como tampoco a doña Aldonza Roig, madre de Alfonso.

En definitiva, aunque la heredera universal fuese doña Juana, el gobierno efectivo de los reinos se confiaba al príncipe Carlos —que acabaría siendo emperador, I de España y V de Alemania— y, hasta su llegada, Aragón se encomendaba al arzobispo don Alfonso, y Castilla, a la regencia del cardenal fray Francisco Jiménez de Cisneros. Fechado el prolijo documento, el 22 de enero de 1516, martes, firmólo el rey al atardecer con temblorosa mano y fue sellado con el sello común del monarca, actuando como testigos los varios nobles allí presentes.

Pocas horas después, entre las tres y las cuatro de la madrugada del siguiente día, expiraba el Rey Católico, a los 64 años de edad, a los 41 de haber comenzado a regir Castilla con Isabel y a los 37 años de haber heredado la Corona de Aragón. El anciano duque de Alba, sollozando, cerró sus ojos. Y bien resumió el cronista Mártir de Anglería las circunstancias de su fallecimiento: *El señor de tantos reinos, el que había ganado tantas palmas, el que tanto había difundido la religión cristiana y humillado tantos enemigos, murió en una casa rústica y murió pobre, contra la opinión de los hombres.*

* * *

¡Qué distinto el entierro de don Fernando al de Isabel la Católica! En su camino hacia Granada, muy pocas personas le acompañan: su nieto, el infante don Fernando; el marqués de Denia; algunos caballeros y criados. Cisneros se enterará del fallecimiento en Alcalá, a los ocho días; y en vez de desplazarse para despedir a su rey, prefiere —quizás con razón— ocuparse en seguida de los primeros problemas sucesorios, pues también le ha sido comunicado su nombramiento. Ya que, ignorando el infante la revocación, tan a última hora, de las anteriores disposiciones testamentarias de su abuelo que le encomendaban a él la regencia de Castilla, ha citado a los miembros del Consejo Real para una reunión en Guadalupe, *a fin de tomar resoluciones convenientes a la gobernación del reino.*

Tampoco forma en el cortejo fúnebre el deán de Lovaina; ha exhibido con presteza unos poderes que le otorgó en Flandes el príncipe Carlos y pretende dictar órdenes; con toda energía se opone el cardenal, aunque hábilmente le ofrezca una cierta colaboración en el gobierno, hasta la llegada del sucesor. Poco después, éste le enviará una afectuosísima carta, encabezada con el expreso reconocimiento de todos sus títulos: *reverendísimo padre cardenal de España, arzobispo de Toledo, primado de las Españas, canciller mayor de Castilla, nuestro muy caro y muy amigo señor.* Aquello supone el espaldarazo definitivo a su regencia, pues de modo expreso le dice don Carlos *que aunque el rey, su abuelo, no le hubiera nombrado, él mismo no escogiera otra persona.* Reforzada así su autoridad, cuida Cisneros de frenar posibles reacciones del infante don Fernando y para mejor seguir sus pasos, se lo lleva con él a Madrid. Comienza de este modo la villa a convertirse en residencia fija de la Corte.

Pero volvamos al cortejo fúnebre que traslada los restos del Rey Católico. Se ha incorporado el duque de Alba, juntamente con el cronista Pedro Mártir de Anglería, primer hagiógrafo de don Fernando.

En los pueblos del recorrido, las gentes manifiestan su dolor ostensiblemente; que no en vano fue este monarca quien les libró de los excesos feudales de los nobles (los nobles, con pocas excepciones, han olvidado ya al difunto y se afanan por congraciarse con los afines a don Carlos y, por supuesto, con el cardenal Cisneros). Curiosamente, en Córdoba esperan al cadáver el marqués de Priego, tan duramente castigado años atrás por el monarca, y el obispo Angulo, a quien hacía poco removió de la presidencia de la Chancillería de Valladolid: a pesar de lo cual, parecen bastante más afectados que otras personas que muchos favores le debieron.

Se incrementa en Córdoba la comitiva, con dos obispos, veinticuatro frailes dominicos y jerónimos y la capilla de músicos cantores, que interpretará salmos durante el trayecto hasta Granada. Muchos vecinos de las aldeas se unen también al séquito, que se ha hecho ya numeroso al avistarse la ciudad conquistada a Boabdil veinticuatro años antes. La entrada en ella reviste singular emoción; por fin es palpable el dolor de las gentes. Muchos recuerdan aquel día segundo del año 1492, cuando los Reyes Católicos ocuparon la Alhambra con fasto tan extraordinario...

Aquí quisieron los Reyes Católicos que reposaran sus restos y así será: hoy siguen allí, en el espléndido mausoleo de mármol blanco que para ellos hizo construir su nieto, el emperador Carlos, adornado con figuras de ángeles y santos y donde los esposos, juntos ya para siempre en el lecho definitivo, tienen los rostros serenos y parecen dormitar. Como si el artista hubiera querido dedicar un postrer homenaje a don Fernando, su cabeza aparece sobre la almohada ligeramente más elevada que la de su esposa. ¿Fue indicación del emperador, deseoso de reparar *post mortem* las falacias vertidas en vida contra su abuelo, presentándole siempre como inferior en méritos a doña Isabel?

Zurita llega a afirmar que apenas se encontró dinero para hacerle unos dignos funerales; lo cual resulta, evidentemente, exagerado. Cierto es, sin embargo, que en su testamento declaró tener numerosas deudas y carecer de bienes bastantes para pagarlas. Según el secretario de Cisneros —en carta dirigida al cardenal en noviembre de aquel año—, dejó sesenta cuentas de deuda de empréstitos y dineros tomados en depósito. Lo que desmiente la afirmación de Maquiavelo, que al diseñar con rasgos caricaturescos a los principales reyes europeos, había dicho de don Fernando que fue *tacaño y avaro*.

Por encima de tales mezquindades, a su muerte se le reconocieron muchas de las virtudes que antes se le habían negado. *Príncipe el más señalado en valor, justicia y prudencia que en muchos siglos España tuvo,* dice un historiador contemporáneo. En Castilla se sintió su muerte, especialmente por los humildes; *el último rey de Aragón,* le llamaron sus súbditos naturales. Pues sus paisanos, los aragoneses, sí que lloraron de verdad su muerte.

* * *

¿Y sus mujeres? ¿También le llorarían? Oficialmente lo hizo su viuda, doña Germana, a pesar de no haber acompañado el cadáver de su esposo hasta Granada; pero del espíritu del testamento se deducía con claridad que, en su adiós definitivo, lo que don Fernando deseaba era reencontrarse tan sólo con Isabel, en un acto postrero de contrición por sus muchas infidelidades. Y en expreso reconocimiento de que ella había sido, pese a todo, su gran amor en este mundo.

¿Lloraría doña Aldonza? Quizás: siempre las mujeres recuerdan con dulce añoranza su primer hombre. Y para ella lo fue el Rey Católico, con quien tuvo, además, un hijo, después ilustre en la política y en el saber. ¿Doña Joana Nicolau? Bien casó a su hija y su yerno, cronista del reinado, dedicó muchas páginas a glosar el talento de su suegro natural, a quien admiraba. Aunque hacía años, muchos años, que no se veían, hay que suponer que alguna lágrima le dedicaría. En cambio, no es fácil que lo hicieran las señoras de Larrea y de Pereira, aves de paso en la vida sentimental del difunto. Por ellas, sin embargo, le recordarían sus hijas, las *dos Marías*; y sobre todo, mucho le rezarían. Sin duda alguna: pues en todos los conventos de España se elevaron obligatoriamente preces por el eterno descanso del monarca.

La que sí lloró, y lloró desconsoladamente, fue la pobre Juana, allá en su encierro de Tordesillas, adonde Cisneros le llevó la noticia. En su demencia, la figura de su padre permanecía limpia en el recuerdo. Mucho la había ido a visitar; tenía, pues, constancia sobrada de lo profundamente que la quiso. Ahora, en su mente perturbada, comprendía, pese a la enajenación, que estaba ya definitivamente sola con su pena de amores, perdido el consuelo de aquel padre que jamás la olvidó.

Juana, la loca Juana, lloró más que ninguna otra mujer la muerte de don Fernando. Eso, seguro.

EPÍLOGO

SÉPASE LO QUE FUE DE LA ÚLTIMA MUJER DE DON FERNANDO, LA SERENÍSIMA DOÑA GERMANA DE FOIX, QUE CASÓ POR DOS VECES MÁS —NO OBSTANTE SU EXTREMA OBESIDAD—, LA PRIMERA, INFAUSTAMENTE, LA SEGUNDA, CON NOTORIO ACIERTO, DE MODO QUE MURIÓ FELIZ, EN 1536, Y AUN DEJÓ MEMORIA GRATA, COMO MECENAS DE LAS ARTES Y VIRREINA DE VALENCIA

Ya es viuda la última mujer del Rey Católico. Tiene ahora veintiocho años y está extremadamente obesa, pues con su glotón apetito ha compensado (en lo que cabe) la insatisfacción de sus otros apetitos, nunca atendidos debidamente por el sexagenario monarca. Goza de unas pingües rentas y el nuevo rey, don Carlos, la considera tanto, que cuando le habla, hinca la rodilla en tierra. A semejantes cortesías, ha unido el muy gratificante gesto de confirmarle en el dominio de las villas castellanas de Arévalo, Madrigal, Olmedo y Santa María de Nieva. A pesar de ello, en los primeros meses de su viudez, cuando todavía no conoce personalmente al nieto de su difunto esposo, va a intrigar en favor de su hermano, el infante don Fernando.

Cisneros tiene puntual conocimiento de ello. En marzo de 1517 escribe una larga carta al sucesor, que sigue en Flandes, dándole cuenta de estas veleidades políticas de la reina viuda y aconsejándole que no le entregue las villas; cuando menos, que se reserve Arévalo, la más importante de las cuatro. El cardenal, además, no es partidario de conceder el dominio de ciudades, en perjuicio de la soberanía real; y recuerda que tal fue una de las máximas preocupaciones de los Reyes Católicos, que tanto lucharon para terminar con las jurisdicciones privadas de los nobles.

Pero don Carlos insiste en que se cumpla la voluntad de su abuelo; menos conformes con ella, los habitantes de Arévalo se niegan a ser entregados en manos de la *extranjera*, como llaman a doña Germana. Cisneros se ve obligado a enviar fuerza armada que domine la rebeldía y, una vez conseguido, toma posesión de la ciudad la reina viuda. Que, a pesar de haber quedado en tan *buena posición*, se siente incómoda y desasosegada, por dos motivos principales. Uno, la natural pérdida de rango e influencia en la Corte. Otro, más importante todavía, el malcontento de su cuerpo joven, siempre ansioso por encontrar quien la atienda en lo tocante a las necesidades de la carne. Aunque, naturalmente, pensar ahora en amores encubiertos e ilícitos supone jugarse las rentas; y a tanto no llega la pasión de la señora.

En septiembre de 1517, don Carlos arriba por fin a España. La flota real se aproxima al puerto de Tazones, junto a Villaviciosa, en Asturias. Los vecinos de la costa, que no tienen noticia de la venida de su nuevo rey, creen que se trata de barcos franceses, con intenciones de conquista, y se apostan en los acantilados, con armas de todas clases, dispuestos a defenderse. Don Carlos, al advertirlo, ordena izar en la nao capitana el estandarte real, con las armas de León y Castilla; las tripulaciones gritan *¡España, España por el Rey Católico!*, y así tranquilizan al pueblo, que sale de los escondites para rendir homenaje al soberano.

El 8 de noviembre muere el cardenal Cisneros, sin haber podido entrevistarse con don Carlos. Convoca éste Cortes en Valladolid y más tarde en Zaragoza. Allí acudirá como reina viuda doña Germana de Foix, que por última vez ocupa lugar de privilegio en el solemne acto de la jura del sucesor. La oronda dama causa buena impresión a los nobles flamencos del séquito real, al parecer muy proclives a las redondeces femeninas. Uno de ellos, sobre todo, destaca en sus atenciones, en sus galanteos y en sus coqueterías; se llama Juan de Brandemburgo y es marqués. También resulta conocido en Flandes por su exigua fortuna y su afición a la mala vida.

Pero doña Germana se enamora como una colegiala de aquel mozo, de buena planta, ilustre linaje, ojos azules y rubio mostacho, y solicita la venia de don Carlos para casarse con él, lo que hará en junio de 1519 en Barcelona. La boda es mal vista por el pueblo; quizás la intuición popular adivinaba que aquella unión tenía que acabar en puro desastre. Y así fue: el marqués se dedicó a dilapidar las rentas de su esposa en juergas, hasta el punto de que uno de sus más íntimos amigos comentó que era casi imposible *imaginar un acto lujurioso que no haya cometido.* Con lo cual, la reina viuda pasó de la calma sexual con don Fernando a una frenética actividad que, por supuesto, no necesitaba de pócimas ni brebajes afrodisíacos.

Lo malo fue que, como puede suponerse, el marqués la engañaba. La engañaba, además, con ostentación y descaro, y a los dos años de matrimonio, incluso le daba en público unas soberanas palizas, ante el asombro y el escándalo de los criados. Doña Germana pudo así apreciar las diferencias que existían entre aquel joven y atractivo flamenco, ciertamente febril en el tálamo, y la delicadeza y la corrección de don Fernando, tan mermado de facultades en el trance, como educado y gentil. Hay que imaginar que no consideraría beneficioso el cambio, a pesar de sus afanes.

Don Carlos, probablemente por ver de remediar la incómoda situación, nombró a Germana lugarteniente general del Reino de Valencia, donde era muy querida, pues ya había ejercido el cargo en vida del Rey Católico. Estaba muy próxima la rebelión de las Germanías, tan duramente sofocada, y el soberano pensó, sin duda, que la presencia de la viuda de su abuelo calmaría los ánimos. Allá se fue, pues, en 1523, acompañada, como era inevitable, por su esposo, el marqués. Valencia le dio suerte: antes de dos años, enviudaba. Los excesos viciosos de Brandemburgo acabaron con él alrededor de los cuarenta años; los médicos manifestaron que había muerto *en un estado cerebral muy degenerado.*

A sus treinta y siete años, la dos veces viuda seguía buscando con entusiasmo un hombre que la satisficiera. Dice Juan Balansó, con cierta crueldad, que su aspecto se asemejaba al de un tonel; lo cual no fue óbice para que se enamorase nuevamente y esta vez acertara. El elegido, don Fernando de Aragón, duque de Calabria, sobrino del Rey Católico, descendía de la rama bastarda de Alfonso el Magnánimo. Capturado en la guerra de Nápoles por el Gran Capitán, éste incumplió la palabra dada, enviándole cautivo a España; fue, lo sabemos, una de las tres cosas de las que se arrepentiría en sus últimos años. Don Fernando tuvo preso durante diez años a su tocayo y pariente en el castillo de Játiva; Carlos I le había devuelto la libertad y el buen duque malvivía con sus escasas rentas, aunque siempre mantuvo una actitud digna y era respetado por su bondad y, sobre todo, por su notable cultura y gran afición a las bellas artes y al estudio de los clásicos.

Grave zozobra se apoderó de la enamorada al sucumbir a la pasión, pues era consciente de sus parcos encantos físicos. De ella llegó a decirse que se hacía difícil encontrar, en aquel tiempo, una mujer semejante *que, mejor que obesa, debía llamársele el mismo abdomen*. Hasta que un buen día se hizo el ánimo, confesó su amor al rey don Carlos y le rogó que intercediese personalmente ante el duque para que la aceptara como esposa. No puso la menor objeción el de Calabria, pues el exceso de kilos de su ardorosa pretendiente se compensaba con creces por su abundancia de caudales. Aceptó, encantado, la curiosa petición de mano (hecha con inversión del habitual peticionario) y casó con ella en Sevilla, en el verano de 1526. El emperador —que ese mismo año casó también con Isabel de Portugal— favoreció a la pareja con el título conjunto de virreyes de Valencia, ciudad a la sazón en pleno auge, poblada por 80 000 habitantes: el doble que Barcelona.

Volvió, por tanto, a Valencia doña Germana, otra vez casada, pero en esta ocasión feliz y tranquila. Había alcanzado, al fin, un apacible crepúsculo sentimental; su marido era bondadoso, culto y sumamente educado, aunque quizás necesitase también alguna dosis de estimulantes. No consta que en ésta su tercera experiencia conyugal los utilizara la virreina, probablemente recelosa por los negativos resultados que la medicación le había producido al bueno de don Fernando. En cambio, supo amoldarse perfectamente al ambiente erudito que rodeaba a su consorte e incluso aplicóse al estudio y pronto se pudo desenvolver con soltura en aquella pequeña corte que el duque alentaba en la hermosa y alegre ciudad mediterránea. A la cual aportó su carácter risueño y extravertido, que le ganó las simpatías del pueblo y también de los notables eruditos que concurrían a las brillantes reuniones de su palacio del Real, junto al río Turia.

Palacio que pronto albergó numerosas obras de arte y una espléndida biblioteca de textos griegos y latinos, procedente en buena parte de los fondos de Alfonso V el Magnánimo. Y que era suntuosamente atendido por veintiún gentileshombres de servicio, sesenta oficiales, catorce pajes y dos docenas de camaristas. Se hizo así doña Germana un merecido prestigio por lo bien que recibía; lo mismo que su marido lo tenía por su ingenio y su cultura, aumentados a diario con el roce de letrados, músicos, pintores y literatos. Famosos fueron los oficios divinos que celebraba cada mañana, en la capilla del palacio, con los mejores coros e instrumentos musicales que había entonces en España.

Doña Germana, al fin dichosa, cumplía a la perfección sus funciones de virreina; entre otras cosas, eso le permitía ofrecer con frecuencia aquellos banquetes a la francesa, que tanto le gustaban. De modo que en sus fiestas palaciegas se cultivaban, a un tiempo, los placeres del estómago y las atenciones del espíritu. Incluso en cierta ocasión organizó un festejo al estilo de las antiguas *cortes de amor*, presidiendo un tribunal donde acudieron a deponer sus querellas damas y galanes, aquejados de *desamor*. Cierto también que no todo fueron diversiones; una insurrección de los moriscos en la sierra de Espadán obligó al duque a intervenir con fuerza armada, para sofocarlo. Pero pronto volvió la calma a la agradable minicorte renacentista a la italiana que con tan evidente acierto gobernaba.

Decidida a perpetuar su memoria en Valencia, doña Germana se empeñó en una ardua tarea cultural: la fundación del monasterio de San Miguel y los Santos Reyes, comúnmente conocido como San Miguel de los Reyes. Existía un primer edificio, en el Pla de San Bernat, afueras de la ciudad, hacia el norte, levantado en el siglo XIV bajo el patronato de San Bernardo de la Huerta y al cuidado de la Orden del Cister. La virreina, en 1530, encargó su ampliación, creando una nueva fundación a cargo de los Jerónimos. Trazó los planos el famoso arquitecto Alonso de Covarrubias, quien construyó un templo con planta de cruz latina y cúpula muy hermosa. En la biblioteca del convento se recogieron muchos de los libros del duque de Calabria; y aunque la obra no estuvo totalmente terminada hasta 1644, sobre el dintel de la puerta principal figuran los escudos del duque y doña Germana, verdaderos artífices de este espléndido edificio, por desgracia muy deteriorado actualmente, ya que en el presente siglo estuvo destinado a penitenciaría.

La última mujer del Rey Católico murió en Liria, junto a Valencia, veinte años después que su primer marido: en 1536, a los 48 años de edad. Su tercer esposo, el duque de Calabria, volvió a casarse con la marquesa de Cente, doña Mencía de Mendoza. De doña Germana de Foix, princesa de Francia, última reina de Aragón, reina de Nápoles, Sicilia y Jerusalén y condesa de Barcelona por su boda con don Fernando; más tarde, marquesa de Brandemburgo y, por último, duquesa de Calabria y virreina de Valencia, cabe decir que procuró servir con buena voluntad las obligaciones que asumió al casar con el viudo de Isabel la Católica. Fue siempre consciente de que jamás podría sustituirla en su recuerdo y se afanó por cumplir uno de los fines que habían determinado su matrimonio: darle un hijo al rey. Lo consiguió, aunque el efímero heredero sólo viviese unas horas.

Por lo demás, en aquellos desesperados esfuerzos suyos por mantener activa la capacidad viril del Rey Católico hay que encontrar como una amarga penitencia para quien tanto la había derrochado en sus años mozos. La última de sus mujeres le hizo aprender así una provechosa —aunque tardía— lección de humildad.

* * *

Ya escribió el cronista Abarca que en don Fernando había que distinguir dos personas: el hombre joven que pecaba y el anciano que proveía. Digamos mejor que el maduro; pues, en realidad, su frenesí lujurioso se refrenó cuando se aproximaba a los cuarenta años. Al menos, a partir de esa edad, no hay constancia de que reincidiera en las aventuras galantes. La ejemplaridad de la Reina Católica terminó imponiéndose a su natural lascivo; y al serenar sus apetitos debió comprender la necedad de aquellos amoríos que sólo complicaciones le trajeron.

Desde entonces y, más aún, en los últimos años de su matrimonio con Isabel, el amor que, pese a sus liviandades, siempre le tuvo, se complementa con la fidelidad. Por ello, su muerte le produjo un enorme trauma sentimental, acrecentado al volverse a casar tan pronto, por meras razones políticas, y sin ninguna ilusión. Cumplidas justificaciones incluye en su testamento, para que pueda dudarse de ello. Como del enriquecimiento de sus recuerdos; y en inevitable consecuencia, de la multiplicación de sus remordimientos.

Hay que pensar, por tanto, que el Rey Católico alcanzó de sobra el *punto de contrición*, que, según hizo decir Zorrilla al prototipo literario de los grandes seductores, *da al alma la salvación*. En su caso, además, tenía una inmejorable valedora allá en los cielos: Isabel I de Castilla. Ciertamente, su única mujer, entre todas sus mujeres.

CRONOLOGÍA DEL REY CATÓLICO, SUS MUJERES Y SUS HIJOS NATURALES, MERAMENTE APROXIMATIVA

Dada la nebulosa histórica que cubre casi todo lo referente a las amantes del Rey Católico y los hijos que con ellas tuvo, resulta ocioso advertir que los datos cronológicos sobre tales personajes forzosamente son incompletos y, en muchos casos, meramente aproximativos. Creo, no obstante, de evidente interés facilitarlos, para ubicar mejor en el tiempo sus relaciones entre sí.

Fernando el Católico

Nació en la villa aragonesa de Sos (llamada después, en su honor, Sos del Rey Católico) el 10 de marzo de 1452. Aunque precisan las crónicas, en curiosa matización, que fue engendrado en casa de un modesto labrador de la aldea del Frasno, cercana a Calatayud. El propio rey así se lo explicó a su esposa y a otras muchas gentes; sus razones tendría para saberlo.

Casó con Isabel I de Castilla el jueves 1º de octubre de 1469, en Valladolid; la víspera había tenido lugar el desposorio público, equivalente al matrimonio civil. Tuvo con ella cinco hijos: un varón y cuatro hembras. Enviudó el 26 de noviembre de 1504 y volvió a contraer nupcias con doña Germana de Foix el 19 de octubre de 1505; la boda se celebró en la corte francesa de Blois, actuando por poder y en nombre del contrayente don Juan de Silva, conde de Cifuentes. El 18 de marzo del siguiente año tuvieron lugar en Dueñas las velaciones. Para entendernos: allí se consumó el matrimonio.

Falleció en el lugar llamado La Cruz de los Barreros, la madrugada del miércoles 23 de enero de 1516, día de San Ildefonso.

La reina doña Germana de Foix

Había nacido en 1488, en Francia. Al enviudar de don Fernando, casó por segunda vez con el marqués de Brandemburgo, en junio de 1519, y por tercera —al fallecer el nuevo esposo— en 1526, ahora con el duque de Calabria, don Fernando de Aragón. Murió en Liria (Valencia) el 8 de septiembre de 1536 y fue sepultada en el monasterio de San Miguel de los Reyes, que ella había fundado.

Juana «la Loca»

La desventurada hija de los Reyes Católicos, tercer fruto del matrimonio, segunda de las hembras, nació en Toledo el 5 de noviembre de 1479; contrajo matrimonio con el archiduque de Austria Felipe de Habsburgo (llamado, por muy concretas razones, *el Hermoso*) en Amberes, el 18 de octubre de 1496. De él sabemos que, nacido en Brujas en 1478, murió en Burgos, el 25 de septiembre de 1506. A pesar de sus constantes adulterios, aún le sobraron tiempo y facultades para tener seis hijos con su esposa. La cual falleció en Tordesillas el 11 de abril de 1555, a la edad, verdaderamente senil para la época, de casi 76 años, sin haber recobrado la razón.

Doña Aldonza Roig y de Ivorra

Primera amante del Rey Católico de la que existe constancia, nacida en Cervera de Segarra hacia 1450, tuvo su hijo natural, bastardo del monarca, a comienzos de 1470. Casada con Bernardo de Olzinelles alrededor de 1473, el matrimonio fue anulado, desposándose en 1478 con el vizconde de Evol. Murió este su segundo marido en 1497; se ignora cuándo lo hiciera doña Aldonza.

Alfonso de Aragón

Hijo de la anterior, es el único de los bastardos del rey del que existe abundante información histórica, oportunamente recogida en anteriores páginas. Nacido en 1470, en Cervera, murió en Lécera en 1520. No obstante su condición episcopal, tuvo siete hijos con su barragana, doña Ana de Gurrea. Cosas de la época...

Joana Nicolau

De la ardorosa tarreguense, segunda amante notoria de don Fernando, no consta más que su lugar de nacimiento; no así la fecha del mismo, alrededor, sin duda, de 1455. Consta, en cambio, que falleció en Barcelona, en febrero de 1522.

Juana de Aragón

Fue la hija que el Rey Católico tuvo con doña Joana; su nacimiento puede colocarse alrededor —y siempre antes— de 1474. Bien casada con el condestable Fernández de Velasco, primer duque de Frías, murió un año antes que su madre, en 1521.

Toda de Larrea y la señora de Pereira

La ausencia de datos y aun de indicios biográficos sobre las dos siguientes amantes del monarca aragonés es absoluta; no en vano llevó estos devaneos con extremada reserva. Ni siquiera aproximadamente pueden, pues, facilitarse.

Las dos Marías

De las hijas de las anteriores, ambas con el mismo nombre, María de Aragón, puede calcularse que nacerían entre 1478-1483. La primera falleció en el convento de agustinas de Santa María de Gracia, en Madrigal, alrededor de 1530; la segunda, en el mismo lugar —donde nos consta que compartía profesión religiosa con su hermanastra—, hacia 1548.

FUENTES BIBLIOGRÁFICAS

Abundantísima es la bibliografía, tanto nacional como extranjera, existente sobre los Reyes Católicos. Parte les contempla conjuntamente; más numerosas son las obras dedicadas tan sólo a uno de ellos. Aunque, como es lógico, en todas aparezcan constantes referencias al otro cónyuge. Hasta finales del siglo XVII, los historiadores dedicaron mayor atención a la figura de Isabel que a la de su marido, víctima entonces de lo que algunos han llamado la *campaña antifernandina*. En efecto; los exaltados panegiristas de la reina gustaban de minimizar la labor del rey, durante los treinta y cinco años que compartió con su esposa las tareas de gobierno, adjudicando casi en exclusiva a la soberana las más trascendentales decisiones y todos los éxitos del reinado.

Lentamente fue abriéndose paso la verdad histórica; y la personalidad vigorosa e indiscutible de don Fernando acabó siendo reconocida en toda su magnitud. Cierto es que siempre *caerá mejor* doña Isabel, pues si en lo tocante a talento político y capacidad de gobierno, estuvo a parecida altura que su marido, le superó notoriamente en cualidades morales y ejemplaridad de vida, según ha podido constatarse en las anteriores páginas. Pero ello no es óbice para considerar según se merece la inmensa categoría del Rey Católico como hombre de Estado, sus aptitudes como jefe militar, y, especialmente, aquella asombrosa capacidad diplomática que ya desde un principio, tuvieron que admitir los cronistas más adversos. Los cuales, por cierto, no dudaron en llegar hasta el escarnio para desprestigiarle: Bratome, al presentarle como un juguete de su mujer, le llama *Jean Gipon*, Juan Camisa, porque —afirma con palmaria injusticia— ella llevaba los calzones y él la camisa. Álvar Gómez, Oliveira Martins y otros autores le acusan de ingratitud y aun de mendacidad en su conducta con el cardenal Cisneros; ya vimos lo mucho que otros le censuraron su actitud respecto de Colón y del Gran Capitán. Y no se diga las constantes alusiones a su presunta tacañería.

Lo que a estas alturas de las investigaciones ya resulta, sin embargo, indiscutible, es la perfecta colaboración que, como gobernantes, mantuvieron siempre Isabel y Fernando, compenetrados en todos sus actos de gobierno y admirablemente compensados en sus muy distintos caracteres, de modo que pudieron templarse recíprocamente. Bien lo destaca Modesto Lafuente, cuyo séptimo tomo de la *Historia General de España* (Montaner y Simón, Editores, Barcelona, 1888) ha vuelto a serme de gran utilidad (como ya me ocurriera al escribir *Isabel, camisa vieja*), no obstante la respetable ancianidad de la centenaria obra, que le hace incurrir en inevitables errores. Otro título nuevamente fundamental para mí ha sido la espléndida *Historia de España*, dirigida por don Ramón Menéndez Pidal (Espasa Calpe, 1981), ahora en su tomo XVII, segundo volumen, epígrafe *La crisis del nuevo Estado, 1504-1516*, escrito por el profesor Manuel Fernández Álvarez.

En *Fernando el Católico y Navarra* (Ediciones Rialp, Madrid, 1985) hallé completa referencia a período tan trascendental para la definitiva unidad de España, relatado con su admirable erudición por el profesor Luis Suárez Fernández, gran especialista en los Reyes Católicos (y no menos certero historiador de nuestro más reciente tiempo). Por supuesto que también consulté a otro clásico en el tema fernandino, Jaime Vicens Vives (*Fernando el Católico, príncipe de Aragón, rey de Sicilia*, Madrid, 1952, y *Fernando II de Aragón*, Zaragoza, CSIC, 1962). Así como a José María Doussinague (*Fernando el Católico y Germana de Foix*, Madrid, 1944), a Carmen Penella (*Isabel la Católica*, Ed. Urbión, 1983), a José María Moreno Echevarría (*Fernando el Católico*, Marte Ediciones, Barcelona, 1965), a Andrés Giménez Soler (*Fernando el Católico*, Ed. Labor, 1941) y a Walter Starkie (*La España de Cisneros*, Ed. Juventud Argentina, Buenos Aires, 1942), libro éste de especial interés, al enfocar el último tramo del reinado de don Fernando desde su óptica de escritor británico, bien que profundamente hispanófilo.

Ciertamente, toda la bibliografía citada, de indiscutible valor histórico y que resultó decisiva para el conocimiento del personaje en su actividad pública, poco me sirvió, en cambio, en lo tocante a sus íntimos escarceos amorosos, prácticamente omitidos en ella. No se diga en libros absolutamente hagiográficos, en los que la admiración por el rey alcanza cimas insuperables: *Fernando el Católico*, de José Llampayas (Biblioteca Nueva, Madrid, 1941) y más todavía, *Fernando el Católico, artífice de la España Imperial*, de Ricardo del Arco (Ed. Heraldo de Aragón, Zaragoza, 1939). Tampoco alude al tema Eugenio d'Ors, en su siempre deliciosa *Vida de Isabel y Fernando* (Ed. Juventud, Barcelona, 1982).

Hube, pues, de rastrear en otras fuentes. Algunas venerables: *Los cinco libros postreros de la historia del rey don Hernando*, de Jerónimo Zurita (Zaragoza, 1580); el *Diario*, de Francesco Guicciardini, anotado en *Viajes por España*, de Antonio María Fabré (Madrid, 1879); las *Crónicas* de Hernando del Pulgar (Zaragoza, 1567), y, por supuesto, las de Pedro Mártir de Anglería (Alcalá, 1530); *La reina doña Juana la Loca*, de Antonio Rodríguez Villa (1892), y las *Cosas memorables*, de Lucio Marineo Sículo (Alcalá, 1533). Aunque tampoco los historiadores más próximos en el tiempo al Rey Católico gustan de recoger demasiados detalles sobre su vida secreta.

Cortas, aunque interesantes referencias a ella, encontré en *Los condes de Barcelona, vindicados*, tomo II, de Prósper de Bofarull i Mascaró (Barcelona, 1836); y en el volumen 12 de la *Gran Enciclopèdia Catalana*, editada por Edicions 62 (Barcelona, 1978), como también, curiosamente, en el tomo II de la ya citada *Historia*, de Lafuente, en Baltasar Gracián (*El político don Fernando el Católico*, Zaragoza, 1640) y en el personalísimo *Gárgoris y Habidis*, de Fernando Sánchez Dragó.

Para completar el contorno del personaje, con el de aquellos otros que más directamente se relacionaron con él, así como para mejor ambientar la historia novelada, usé diversos textos: *Los orígenes del Imperio. La España de Fernando e Isabel*, del marqués de Lozoya (Madrid, 1939); la muy conocida y tendenciosa *Historia del reinado de Fernando e Isabel*, de William H. Prescott (Londres, 1838); las *Crónicas del Gran Capitán*, de Rodríguez Villa (Nueva Biblioteca de Autores Españoles, tomo X, 1908); *España íntima*, de Federico de Mendizábal (Ed. Hesperia, Madrid, 1941); el estupendo ensayo de Juan Balansó «Germana de Foix, la olvidada segunda esposa del Rey Católico», publicado en el número 77 de la revista *Historia y Vida* (agosto de 1974) y la suguestiva obra de Salvador de Madariaga *España: ensayo de historia contemporánea* (Espasa Calpe, Madrid, 11.ª edición, 1979).

Tan considerable acopio de fuentes pienso que habrá servido para que los acontecimientos históricos que se narran en mi libro sean fiables. En lo tocante a *las mujeres del Rey Católico*, ya advierto en el «Proemio» la buena parte de imaginación que tuve que agregar a las escuetas referencias que de ellas existen en crónicas, ensayos, biografías y obras de estudio. De modo que necesité vestir con ropajes novelescos (perfectamente verosímiles, por otra parte) los muñecos tan parcamente descritos por los historiadores. Me refiero, claro está, a las amantes de don Fernando; pues las otras dos mujeres aquí tratadas, su hija Juana *la Loca* y su segunda esposa, Germana de Foix, se ciñen en el relato a la más documentada realidad.

Como ya hiciera en *Isabel, camisa vieja*, debo dejar bien claro que no ha sido mi intención investigar la historia, ni siquiera seguirla con fidelidad absoluta. Lo mismo que en aquel libro, en éste *novelo* una biografía tan sugestiva como la de Fernando el Católico, en sus últimos doce años de vida y gobierno —cargados de apasionante interés—, y recreo, en lo posible, sus juveniles amoríos. Dios quiera que consiga la misma cordial aceptación que en mi anterior peripecia como *novelista de la historia*.

Madrid-Navacerrada, 6 de mayo-31 de agosto 1988.

Índice onomástico

OTRAS OBRAS DE FERNANDO VIZCAÍNO CASAS PUBLICADAS POR EDITORIAL PLANETA

La España de la posguerra (1975)
Niñas... ¡al salón! (1976)
De «camisa vieja» a chaqueta nueva (1977)
... y al tercer año, resucitó (1978)
Hijos de papá (1979)
Un año menos (1979)
¡Viva Franco! (con perdón) (1980)
El revés del Derecho (1981)
Las autonosuyas (1981)
... y habitó entre nosotros (1982)
Mis episodios nacionales (1983)
Hijas de María (1983)
Personajes de entonces... (1984)
100 años de honradez (1984)
Chicas de servir (1985)
Obras completas 1 (1986)
La letra del cambio (1986)
Zona roja (1986)
Isabel, camisa vieja (1987)
De la checa a la meca (1988)
(en colaboración con Ángel A. Jordán)

MEMORIA de la HISTORIA

Primeros títulos

Fernando Vizcaíno Casas
ISABEL, CAMISA VIEJA

Carlos Fisas
HISTORIAS DE LAS REINAS DE ESPAÑA/*La Casa de Austria

Juan Antonio Vallejo-Nágera
PERFILES HUMANOS

Juan Eslava Galán
YO, ANÍBAL

J. J. Benítez
YO, JULIO VERNE

Néstor Luján
LA VIDA COTIDIANA EN EL SIGLO DE ORO ESPAÑOL

Fernando Díaz-Plaja
A LA SOMBRA DE LA GUILLOTINA

Fernando Vizcaíno Casas
LAS MUJERES DEL REY CATÓLICO

Cruz Martínez Esteruelas
FRANCISCO DE BORJA, EL NIETO DEL ESCÁNDALO

Cristóbal Zaragoza
YO, JUAN PRIM